W0287487

A

Platon ist ein kleiner Dackel mit einer poetischen Ader und dem Mut eines Löwen. Die Königin ist ein stolzer Afghanischer Windhund, dessen Augen die Farbe der Nacht haben. An einem Weihnachtsabend begegnen sich die beiden – und der Dackel beginnt zu träumen. Dann gerät die Königin in höchste Gefahr ...

Melania Mazzucco erzählt eine märchenhafte Geschichte, die uns daran glauben lässt, dass nichts unmöglich ist.

Die Autorin
Melania G. Mazzucco wurde 1966 in Rom geboren. Sie debütierte mit dem Roman *Kuss der Medusa* (1996), dem zahlreiche Veröffentlichungen folgten. Für den Roman *Vita* erhielt sie 2003 den wichtigen italienischen Strega-Literaturpreis. *Der Dackel und die Königin* wurde mit dem Frignano-Ragazzi-Preis 2013 ausgezeichnet. Die Bücher von Melania Mazzucco erscheinen in 24 Ländern.

Die Übersetzerin
Verena von Koskull, geboren 1970, studierte Italienisch und Englisch in Berlin und Bologna. Nach mehrjähriger Verlagsarbeit in Italien und Deutschland lebt sie heute als freie Übersetzerin aus dem Italienischen und Englischen in Berlin.

Melania Mazzucco

Der Dackel und die Königin

Aus dem Italienischen von
Verena von Koskull

Atlantik

Die Originalausgabe erschien 2012 unter
dem Titel *Il bassotto e la regina* bei Einaudi, Turin.

*Atlantik-Bücher erscheinen im
Hoffmann und Campe Verlag, Hamburg*

1. Auflage 2014
Copyright © 2012 by Melania Mazzucco
Für die deutschsprachige Ausgabe
Copyright © 2014 by Hoffmann und Campe Verlag, Hamburg
www.hoca.de *www.atlantik-verlag.de*
Einbandgestaltung: Sarah M. Hensmann,
unter Verwendung der Illustrationen von Alessandro Sanna
Satz: pagina GmbH, Tübingen
Gesetzt aus der ITC Legacy
Druck und Bindung: GGP Media GmbH, Pößneck
Printed in Germany
ISBN 978-3-455-65010-5

HOFFMANN
UND CAMPE

Ein Unternehmen der
GANSKE VERLAGSGRUPPE

Meinen Sternen
von Florenz und Saloniki

Ich will euch die Geschichte eines Freundes erzählen. Er hatte eine spitze Schnauze, kurze Beine und einen Pinselschwanz. Die Brauen über den schwarzen Augen waren buschig und der Rücken mit drahtigem Fell bedeckt. Er war ständig zerzaust, als hätte ihn eine Windböe erwischt. Obwohl er noch sehr jung war, trug er einen Bart. Dreimal am Tag verließ er das Haus: frühmorgens, am späten Nachmittag und abends vor dem Schlafengehen. Er kannte es nicht anders. Er war ein Schoßhund. Hunde wie er sind dazu da, den Menschen Gesellschaft zu leisten wie Stofftiere Kindern. Sie fürchten sich vor dem Alleinsein, vor der Dunkelheit und der Nacht. Die übrige Zeit brachte der Dackel damit zu, durch die Wohnung zu streifen, hinter der Tür zu sitzen und auf sein Herrchen zu warten oder am Balkongeländer zu stehen und auf die Straße hinunterzuschauen. Er sah die Ampel, das Fenster des Chinarestaurants, den Zeitungskiosk, die pickenden Tauben auf dem Gehsteig und die

Metzgerskatze, die in der Ladentür thronte. Und die Straßenlaternen, die er traurig anwinselte, sobald sie aufflammten. Wenn ein Hund vorbeikam, bellte er ihm freudig zu, doch der hielt die Schnauze ungerührt am Boden und schnüffelte den Duftmarken nach, die seine Artgenossen an den Autoreifen hinterlassen hatten. Kurz gesagt, der Dackel war hundeeinsam.

Als sein Herrchen ihn gekauft hatte, hatte er Happy geheißen, wie der Zwerg aus Disney's *Schneewittchen*, aber weil seinem Herrchen der Name nicht gefiel, hatte er ihn in Platon umgetauft. Zu Ehren eines Griechen, der vor ein paar tausend Jahren gelebt hatte, ein Aristokrat und Denker, der über die Welt sinniert und sich dichterisch darüber ausgelassen hatte. Sein Herrchen war ein Philosophiefan und pflegte zu sagen, Platon sei der Geist des Universums. Mein Freund war begeistert von seinem seltsamen Namen und gab vor sämtlichen Hunden, die er traf - und die einfach nur Krümel, Lilli oder Bällchen hießen -, mächtig damit an. Klein zu sein ist weder Strafe noch Schicksal, und obwohl er nicht wusste, weshalb, war er davon überzeugt, kein Dackel wie jeder andere zu sein.

Wenn der Dackel und sein Herrchen Gassi gingen, drehten sich die Leute nach ihnen um, denn sie sahen lustig zusammen aus. Der astdürre, giraffengroße Kerl und daneben der kleine Hund, der ihm kaum bis zu den Waden reichte. Der fröhliche Platon begrüßte jeden. Sein Herrchen hingegen – er hieß Yuri – war in Gedanken woanders, mit Musik auf den Ohren und ewig entrücktem Blick. Platon zerrte an der Leine, rannte, er wollte in den Park. Doch Yuri hatte es eilig, zog ihn zur erstbesten Straßenlaterne, drehte eine Runde um den Block, und das war's.

Ich will Yuri nicht schlechtmachen. Er liebte seinen Hund über alles. Er hatte ihn aufgezogen wie ein eigenes Kind; er hatte ihn als Belohnung bekommen, als er noch aufs Gymnasium ging. Andere Jungs wünschen sich ein Auto oder einen Roller, Yuri wollte einen Welpen haben. Beim Lernen lag er auf seinen Knien, Yuri sagte ihm das Gelernte auf, ließ ihn auf seinem Kopfkissen schlafen, erzählte ihm alles und vertraute ihm seine Träume an. Doch seit Yuri von zu Hause ausgezogen war und zur Uni ging, hatte er wenig Zeit für Platon. Und Platon litt unter seiner Abwesenheit. Abends schaltete Yuri den Computer ein, setzte sich vor die Webcam und redete mit seiner Schwester, die in Amerika studierte. Derweil lag der Dackel zusammengerollt auf Yuris Knien und ließ sich den Rücken kraulen. Mit gespitzten Ohren lauschte er den Stimmen und gab seinen Senf dazu, auch wenn die beiden ihm keine Beachtung schenkten.

An einem Abend im Dezember traf sein Herrchen im Supermarkt ein Mädchen. Ihr müsst wissen, dass es der Dackel war, der die beiden zusammenbrachte. Yuri wollte Milch kaufen und hatte ihn am Eingang angebunden. Es fing an zu regnen, und als das blonde Mädchen das einsame, frierende Hündchen im Regen hocken sah, war es hingegangen und hatte es unter ihren Schirm genommen. Danke, Signorina, sagte der Dackel. Er war ein Hund aus gutem Hause und anständig erzogen. Das blonde Mädchen verstand ihn nicht und blieb stumm: Mit einem Hund zu reden war ihr peinlich. Trotzdem wollte sie nur ungern gehen, denn es goss in Strömen. Reglos stand sie da, mit dem überm Hund aufgeklappten Regenschirm, bis Yuri aus dem Supermarkt kam. Als Dank bot er ihr an, ihr mit den Einkaufstüten zu helfen, und fragte sie, ob sie hier in der Nähe wohne, er hätte sie noch nie gesehen. Sie sei gerade angekommen, sagte das blonde Mädchen – doch wo es wohnte oder woher es kam, sagte es nicht. Und obwohl es nicht gefragt hatte, sagte Yuri, er wohne in dem rosa Mietshaus an der Ecke und sei auch gerade angekommen, das heißt, seit er sich an der Uni eingeschrieben habe.

Er studiere Philosophie. Philosophie?, fragte das blonde Mädchen. Und weshalb? Der Dackel, der eifersüchtig auf das Lächeln war, das Yuri der Unbekannten schenkte, fing an, herumzuzappeln und an der Leine zu zerren, aber Yuri zog in die Gegenrichtung. Vielleicht können wir mal zusammen ausgehen, sagte Yuri, dann erkläre ich's dir. Das blonde Mädchen lachte, weil Yuri bei dem Versuch, den Hund zu bändigen, stolperte und mit dem Hintern in einer Pfütze landete.

Ihr müsst wissen, dass Yuri – baumlang und streichholzdürr, mit Brille und ewig zerzauster Zottelmähne – zu den Jungen gehörte, die Mädchen süß finden und denen sie nach dem dritten Date sagen, dass sie lieber Freunde bleiben wollen. Also verliebte Yuri sich heimlich, aus Angst, alles kaputtzumachen. Die Mädchen schütteten ihm ihr Herz aus, und wenn er danach nach Hause kam, versicherte er seinem Dackel, dass sie für immer zusammenbleiben und gemeinsam alt werden würden, nur sie beide, weil niemand sie wirklich verstand. Platon hörte die Traurigkeit in seiner Stimme, leckte ihm tröstend über die Hand und sagte, er solle es nicht so schwer nehmen. Doch Yuri verstand ihn nicht. Schließlich kann nicht jeder so viele Sprachen wie ich.

Dreimal ging Yuri mit dem blonden Mädchen aus, das angeblich Ada hieß, auch wenn das vielleicht gar nicht stimmte, und Platon weinte – bisher hatte sein Herrchen ihn abends noch nie allein gelassen. Dackel wissen nicht, welche Freiheiten man sich nehmen kann, wenn man allein ist. Er blieb wach, bis Yuri zurück war. Ada sagte nicht, sie sollten lieber Freunde bleiben, und Yuri verliebte sich heftig wie nie zuvor in das geheimnisvolle blonde Mädchen, von dem er nichts wusste. Sein Herz flatterte in seiner Brust, und er flüsterte ihren Namen vor sich hin, um sich zu beruhigen. Nachts träumte er von ihr, und dieser Traum war so schön und wahrhaftig, das er zuweilen den Dackel an sich drückte und beide aus dem Schlaf schreckten. Was der Dackel träumte, weiß ich nicht, er hat's mir nie erzählt.

Als die Weihnachtsferien kamen, sagte Ada, sie würden sich eine Weile nicht sehen, sie müsse weg. Yuri wollte unbedingt wissen, wohin, doch sie wollte es nicht verraten und verriet am Ende nur, sie mache eine Kreuzfahrt mit Freunden. Yuri war überrascht, er hatte nicht gedacht, dass Ada Geld für eine Kreuzfahrt mit Freunden hatte. Er hatte gedacht, sie hätte kein Geld, und um ihr nicht vor den Kopf zu stoßen und sie zu unnötigen Ausgaben zu verleiten, war er mit ihr nie essen oder ins Kino gegangen, sondern nur stundenlang durch die Gegend spaziert, bis er todmüde nach Hause kam. Yuri fragte sie nach dem Namen des Kreuzschiffs, und Ada sagte: *Prince.* Also ging Yuri ins Reisebüro und sagte, er wolle ein Ticket kaufen für eine Kreuzfahrt auf der *Prince*.

Der Dackel protestierte knurrend, er war ein Gewohnheitstier und jetzt war Gassizeit – die Zeit der Straßenlaternen, Autoreifen und Hundetreffen auf dem Gehsteig. Der Angestellte im Reisebüro erklärte Yuri, die Kreuzfahrt auf der *Prince* sei die teuerste, die es an Weihnachten gebe, doch Yuri sagte, das sei schon in Ordnung. Er unterschrieb den Vertrag, ohne ihn zu lesen, und zahlte mit der Kreditkarte, die ihm seine Mutter zur Finanzierung des Studiums gegeben hatte. Er wollte gerade aufstehen, als ihm einfiel zu fragen, ob er einen kleinen Hund mitnehmen dürfe. Auf dem Schiff sei kein Platz für Hunde. Aber er ist wirklich klein, entgegnete Yuri nachdrücklich und nahm Platon auf den Arm. Sehen Sie, es ist ein Dackel. Der passt in eine Tasche, er ist Menschen gewohnt und stört niemanden. Keine Hunde, entgegnete der Reisebüroangestellte knapp, dies ist eine äußerst exklusive Kreuzfahrt.

Yuri versuchte, Platon bei seiner Mutter unterzubringen, doch die wollte seine Schwester in Amerika besuchen, an zwölf Stunden Flug mit einem Dackel war nicht zu denken. Außerdem war sie wütend, weil Yuri am Zwanzigsten des Monats bereits alles Geld verpulvert und ihr nicht einmal gesagt hatte, wofür. Also versuchte Yuri, den Dackel beim Vater zu lassen, aber der hatte mit der neuen Frau, den zwei Kindern und der pflegebedürftigen Schwiegermutter im Rollstuhl bereits genug um die Ohren. Er fragte seinen besten Freund, doch der fuhr zu Weihnachten zum Snowboarden in die Alpen und konnte Platon schlecht mitnehmen. Kurz vor der Abreise wusste Yuri noch immer nicht, wo er den Dackel lassen sollte. Ich liebe dich, sagte er ihm, als sie abends vor dem Computer saßen, aber Ada liebe ich noch mehr. Wenn sie nicht meine Freundin wird, dann keine. Schließlich drückte er dem Portier den Schlüssel in die Hand, gab ihm Geld, damit er dreimal am Tag mit dem Hund rausging und ihn fütterte, und fuhr los.

Heiligabend stand Platon auf dem Balkon, blickte auf die Autos hinunter und kläffte freudig den vorbeikommenden Hunden zu. Es hat keinen Zweck, dass du dich heiser bellst, sagte ich zu ihm, die wollen dich nicht kennenlernen, die sind zu sehr mit ihrem eigenen Kram beschäftigt. Überrascht reckte der Dackel die Schnauze in meine Richtung. Ihr müsst wissen, ich bin grün, und wenn ich mich zwischen den Magnolienblättern verstecke, sieht man mich nicht sofort. Außerdem kann ich fliegen und bin ständig in Bewegung, was es noch schwerer macht, mich zu finden. Schließlich hatte Platon mich entdeckt und erstarrte. Papageien hatte er bisher nur in Käfigen gesehen. Klein, traurig und eingesperrt. Doch ich bin frei geboren.

Guten Abend, Signora, sagte er, als er sich wieder gefangen hatte. Was redest du da?, lachte ich ihm ins Gesicht, ich bin weder alt noch dein Frauchen: Sag du zu mir.

Ich wünsche dir trotzdem einen guten Abend,

schließlich ist Weihnachten, für Yuri und alle anderen Menschen ist das ein besonderer Abend, auch wenn ich nicht weiß, warum.

Du weißt eine ganze Menge nicht, mein Junge, entgegnete ich leicht verächtlich, denn zu dem Zeitpunkt kannte ich ihn noch nicht gut und wusste nicht, dass Dackel das Herz eines Schmetterlings und den Mut eines Tigers haben.

Darf ich mich vorstellen, ich heiße Platon, nach einem griechischen Philosophen, der so etwas wie der Geist des Universums war.

Ich weiß, sagte ich, ich weiß alles. Wie kommt es, dass ich Sie verstehe, Signora?, fiel er mir ins Wort. Er war ein nachdenklicher, kluger Hund. Hund und Herrchen werden sich nun einmal ähnlich. Hätte Platon zur Uni gehen können, hätte er auch einen Abschluss gemacht.

Ich bin in der Welt herumgekommen, sagte ich beiläufig, ich spreche viele Sprachen. Die Hundesprache ist leicht. Und welche ist die schwerste Sprache?, fragte der Dackel neugierig. Die der Menschen?

Er lauschte ihr, seit er geboren war, inzwischen kannte er sie wie seine eigene. Zuerst hatte er gelernt, die Namen, Befehle und einfachen Sätze zu verstehen. Dann alles andere, sogar das philosophische Vokabular. Doch sprechen konnte er sie nicht.

Mit Sprache ist es wie mit Musik. Man versteht sie, sie trifft einen mitten ins Herz, aber wenn man die Harmonien nicht kennt, lässt sie sich unmöglich nachspielen. Wie gern hätte der Dackel die Sprache der Menschen gesprochen.

Die schwierigste ist die Sprache der Mäuse, sagte ich zu seiner Enttäuschung. Mäuse sind misstrauisch und sprechen eine Geheimsprache.

Platon fragte mich nach der Sprache der Spatzen, der Möwen und der Mücken, denn er hatte stets den Eindruck, als wollten ihm all diese Vögel und Insekten um ihn herum etwas sagen und wüssten Dinge, die er nicht wusste. Doch ich wollte meine Geheimnisse nicht verraten. Morgen musst du aufstehen, ehe der letzte Stern am Himmel verblasst, Dackel, sagte ich ihm, eine Neuigkeit erwartet dich. Eine gute oder eine schlechte?, fragte er beunruhigt. Er war ein Gewohnheitstier, Veränderungen machten ihm Angst. Du wirst schon sehen, sagte ich und flog davon.

Im Morgengrauen wurde die Königin vom Laster geladen. Am Weihnachtstag war die Straße um diese Uhrzeit noch menschenleer. So sollte es auch sein. Denn die Königin wurde – wie all ihre unglücklichen Reisegefährten auch – eingeschmuggelt. Seit ein paar Monaten hatte der Tätowierte den Keller von Platons Wohnhaus angemietet, ließ sich jedoch nie blicken und kam nur, wenn es dunkel und die Pförtnerloge verriegelt war und er dort unten Gäste hatte. Er war ein untersetzter junger Kerl mit rasiertem Schädel und Muskeln wie ein Gewichtheber, und die Tattoos von Löwen, Adlern und Panthern, die seine Arme bedeckten, schienen regelrecht lebendig zu werden, sobald er sie bewegte. Er war ein zwielichtiger Geselle, das zeigten schon seine nächtlichen Machenschaften. Doch die Menschen sind nun einmal nicht so neugierig wie ich und kümmern sich lieber um ihren eigenen Kram.

Drei Typen stiegen vom Laster und luden Dutzende Pappkartons auf den Gehsteig – unterschiedlich groß, doch allesamt mit Klebeband verschlossen und mit der Aufschrift »Ungarische Paprika« versehen. Doch in den Kisten war kein Paprika. Wenn man genauer hinschaute, sah man winzige Löcher auf der Rückseite, wie Spione, nicht größer als ein Auge – um Luft hineinzulassen. Zwei der Kerle fingen an, die Kartons in den Keller zu schleppen, und der Tätowierte stellte sich mit dem Fahrer in den Hausflur. Ich hockte mich auf den Kistenstapel und fragte: Hallo, ist da jemand?

Zuerst hörte ich klägliches Winseln, dann ein vielstimmiges Rappeln, Kratzen und Rufen. Ihr müsst wissen, in den Kisten waren Tiere. Sie redeten in den seltsamsten Sprachen, doch die Bitte war immer dieselbe: Hilfe, Hilfe, Hilfe. Eine Affenstimme stöhnte: Ich habe Hunger, gebt uns was zu essen, wir haben seit Tagen nichts gehabt. Eine Katze sagte: Lebst du noch, Wongsa? Lebst du noch? Wieso antwortest du nicht? Von ganz unten im Stapel war indes nur ein verzweifeltes Heulen zu hören. Ganz ruhig, flüsterte ich, die Reise ist zu Ende. Ich wollte den Ärmsten Mut machen, zumindest denen, die noch am Leben waren. Doch einige Kisten blieben stumm. Und als ich den Schnabel in eines der Löcher steckte, schlug mir der entsetzliche Gestank des Todes entgegen. Eine männliche Stimme, die aus einer großen, flachen Kiste drang, fragte etwas in einer Sprache, die ich noch nie gehört hatte. Offenbar handelte es sich um ein Tier einer unbekannten Rasse. Neugierig näherte ich mich.

Achtung, Achtung!, warnte mich eine knarzige Altweiberstimme, halt dich fern, das ist eine Klapperschlange, die ganze Fahrt über hat sie uns gedroht, sie meinte, sobald sie irgendwie freikommt, frisst sie uns mit einem Happs. Auch wenn sie sich an mir den Magen verderben würde! Und wer bist du?, fragte ich und lugte durch das Loch. Doch ich wusste es schon, die kehlige, dunkle Sprache der Schildkröten ist unverwechselbar. Ich bin Stimochelys Pardalis aus der Familie Testudinidae, eine Pantherschildkröte, aber du kannst mich Leo nennen, Liebes, antwortete die Stimme, ich habe in meinem Leben so einiges gesehen, aber dass jemand mich will, hätte ich im Traum nicht für möglich gehalten! Ich bin entführt worden. Und ich bin schon Großmutter, stell dir vor. Ich will wieder nach Hause. Ich fürchte, das wird schwierig, Signora Leo, sagte ich, denn inzwischen sind Sie in Italien. In Italien!, rief die Schildkröte aus. Und was ist das? Sie werden bald sehen. Kann ich etwas für Sie tun? Was fressen Sie? Fleisch, Gras, Brot?

Machen Sie sich um mich keine Sorgen, entgegnete die Pantherschildkröte, ich bin alt, mir ist, als hätte ich Millionen von Jahren auf dem Buckel, aber es sind wenige Wochen alte Hundebabys unter uns, die haben ununterbrochen gewinselt und sind völlig am Ende, manche haben es nicht geschafft.

Ich sammelte ein paar Lorbeeren und warf sie durch die Löcher. Hier und da drang ein gewimmertes Danke aus den Pappkartons. Sie wollten Wasser, aber ich wusste nicht, wie ich ihnen welches bringen sollte. Doch Not macht erfinderisch: Ich stippte einen Brötchenrest in eine Pfütze und steckte ihn in die Ritzen. Allerdings gab es nicht genug Pfützen für alle, denn es hatte seit Tagen nicht geregnet. Alarmiert durch den Lärm in den Kisten, kam der Tätowierte auf den Gehsteig zurück, und ich flatterte auf die Magnolie im Hof.

Was ist hier los?, fragte Platon, der auf seinem Balkon stand. Eine neue Lieferung, erklärte ich. Eine Lieferung?, fragte er neugierig. Was ist in all diesen Kisten? Oh, von allem etwas. Signora Leo hat zwei Affen, einen Skorpion, drei siamesische Katzen, zwei Wildkatzen, einen Leguan, ein kleines Krokodil und eine Klapperschlange gezählt. Und Freunde von dir sind auch dabei. Dackel?, rief Platon. Nein, musste ich ihn enttäuschen. Die Kunden vom Tätowierten wollen böse Hunde. Es sind Rottweilerwelpen dabei, Argentinische Doggen und Dobermänner. Ach, schade!, seufzte Platon. Ich hatte so gehofft, jemanden kennenzulernen, aber mit denen kann ich nicht. Bei meiner letzten Begegnung mit einem Dogo bin ich gebissen worden. Der Tierarzt hat mir eine Spritze geben müssen, allein bei dem Gedanken daran tut mir der Schenkel noch weh. Kopf hoch, sagte ich, Signora Leo hat auch fremdländische Prinzessinnen mit Mandelaugen gesehen. Weiß wie Schnee. Hunde mit Mandelaugen gibt's nicht, brummte Platon. Doch sein Pinselschwanz wackelte wild hin und her, er platzte fast vor Neugier, und um einen Blick auf die geheimnisvollen Prinzessinnen zu erhaschen, hatte er sich auf den Kübel des Zitronenbäumchens gestellt und wäre beinahe vom Balkon gefallen.

Eine halbe Stunde später war der Gehsteig leer. Im schummrigen Keller machten sich der Tätowierte und seine Handlanger daran, die Kartons zu öffnen und das Klebeband mit der Schere aufzuschneiden. War das Tier am Leben, sperrten sie es in einen Käfig oder in eine Box. War es tot, schmissen sie es in einen Müllsack. Ein Drittel der Lieferung hatte die Reise nicht überlebt. Der Rottweiler hatte sich selbst zerfleischt, die Siamesischen Katzen waren verdurstet. Die beiden Wildkatzen waren verhungert. Der Leguan war bewusstlos. Die Klapperschlange und Signora Leo waren topfit. Ich muss gestehen, als sie die Schildkröte aus der Kiste holten – die größte der Lieferung –, blieb mir der Schnabel offen stehen. Noch nie hatte ich so eine riesige Schildkröte gesehen. Sie war groß wie ein Hocker und schwer wie ein Schaf. Ihr gelb gefleckter Panzer sah aus wie Leopardenfell. Oder wie das Schild einer antiken Gottheit.

Die Königin – denn kaum hatte ich sie zu Gesicht bekommen, war mir klar, dass sie anders nicht heißen konnte – hatte das Bewusstsein verloren. Sie war anmutig, grazil, mit spitzer Schnauze und dichtem, wolligem Fell. Sie war der eleganteste Hund, den ich je gesehen hatte, und ich begriff sofort, dass sie dem Dackel das Herz brechen würde. Der Tätowierte rammte ihr eine Milchflasche in die Schnauze, und nach und nach kam die Königin zu sich. Sie schlug die riesigen Augen auf – und kaum war sie wieder bei Bewusstsein und erblickte den Tätowierten, biss sie ihn in die Hand. Der Tätowierte jaulte auf vor Schmerz, hieb ihr mit der Faust auf den Kopf und schlug sie zu Boden. Die Königin bleckte ihre herrlichen weißen Zähne und versuchte abermals, ihn zu beißen. Sie war noch sehr jung, kaum mehr als ein schneeiges Knäuel – doch sie hatte Mut. Eine Salve von Tritten ging auf sie nieder, in den Bauch, in den Rücken, auf die Pfoten. Als sie das Bewusstsein verlor, packte der Tätowierte sie beim Nacken, stopfte sie in einen kleinen Eisenkäfig, der kaum größer war als sie, und hängte ein Schloss davor. Dann machte er das Licht aus, verriegelte den Keller, warf den Müllsack in den Container und ging, um Weihnachten zu feiern.

Der Keller blieb dunkel. Die Tiere klagten und wimmerten. Doch niemand konnte sie hören. Den Hunden waren die Schnauzen verbunden oder Maulkörbe verpasst worden, und die Schlange, das Krokodil, der Leguan und der Skorpion gaben nur Zischlaute oder für das menschliche Ohr nicht wahrnehmbare Geräusche von sich. Die eiserne Kellertür war verschlossen, und die schimmeligen Wände waren fensterlos. Lediglich eine winzige, vergitterte Luke ging zum Hinterhof hinaus. Die mit einem verstaubten Mückennetz überspannten Gitterstäbe mochten vielleicht einen Menschen oder einen Hund zurückhalten, aber mich nicht. Also flog ich hinein – auch wenn ich zugeben muss, dass mich der überwältigende Gestank, der dort unten herrschte, anfangs schier umhaute. Es stank nach Wald, nach Kloake, nach Angst.

Ich gab mir einen Ruck und untersuchte die Gäste. Egal ob Hund, Leguan oder Schlange, sie waren erschöpft und geschunden. Mit geschwollenen Augen, dicken Zungen, schmutzigem, verfilztem Fell. Die Königin hatte sich ganz hinten in ihren Käfig gekauert. Empört und fassungslos, eine solche Schmach erleiden zu müssen, blinzelte sie mich an. Ich brachte Signora Leo eine Kamelie zu fressen, und sie erzählte mir alles.

Sie waren wochenlang unterwegs gewesen. Letzter Zwischenstopp Budapest. Sie kamen von sehr weit her. Aus Sibirien, Somalia, Indien, China. Alle beklagten sich, sie seien in die Falle gelockt oder ihren Müttern entrissen worden. Nur der Affe, ein Makak namens Shiva, war freiwillig mitgekommen. In seinem Land verdiente man schlecht, dort gab es Millionen von Affen. Er hoffte auf ein besseres Leben.

Ich erklärte der Schildkröte, dass man sie trennen und verkaufen würde. Die Ladung blieb nie länger als eine Woche im Keller. Sie sollten den Mut nicht verlieren, das Schlimmste sei vorbei. Alle würden ein neues Zuhause und einen neuen Job finden. Sie würden sogar geliebt werden. Signora Leo zum Beispiel brauchte sich keine Sorgen zu machen. Im Gegensatz zu manch anderen Völkern essen Italiener keine Schildkröten. Und eine Pantherschildkröte war bestimmt besonders begehrt, gab es hier doch nur Wasserschildkröten, klein wie eine Kinderhand, oder Erdschildkröten, die auch nicht größer wurden als eine Strandsandale. Bestimmt würde sie in einem schönen Garten wohnen.

Meine Liebe, seufzte Signora Leo, als bräuchte ich einen Garten! Ich habe in den Mondbergen Afrikas gelebt. Wasser, Flüsse, Wälder und silbrige Nebel. Das Paradies auf Erden. Wer gibt mir meine Freiheit zurück? Die Freiheit werden Sie sich nehmen, werte Freundin, sagte ich. Wer kann Sie daran hindern, über ein Mäuerchen zu klettern oder unter einem Zaun hindurchzukrabbeln? Sie können hingehen, wo Sie wollen. Doch Sie müssen sich damit abfinden, dass Sie nie mehr nach Hause zurückkehren. Dann werden Sie vielleicht auch hier glücklich.

Gern hätte die Klapperschlange an unserer Unterhaltung teilgenommen, doch da sie keine Silbe verstand, bäumte sie sich nur imposant auf und zischelte. Eines begreife ich nicht, seufzte Signora Leo. Ein Affe, ein Hund oder eine Schildkröte mögen ja noch einleuchten. Aber wer, um alles in der Welt, will eine Klapperschlange kaufen? Ich erklärte ihr, dass selbst die unsympathische Schlange in beste Hände geraten würde. Ihr Gift, für das andere Tiere sie hassen, macht sie für die Menschen wertvoll. Schlangen sind in diesem Vipernstaat sehr beliebt. Die Kumpane des Tätowierten kaufen sie, um Drogen zu bewachen. Die Schlangen – Boas, Anakondas, Pythons, Klapperschlangen – hausen in leeren

Wohnungen. Gut genährt und wohlumsorgt. Sehr wahrscheinlich, dass die Klapperschlange an Altersschwäche stirbt.

Aber das ist ja entsetzlich!, sagte Signora Leo. Eine anständige Kreatur, die stets ehrlich gearbeitet hat, wird zur Kriminalität gezwungen! Ein Rascheln erregte meine Aufmerksamkeit. Na sieh einer an, jetzt hatte sich die Königin doch genähert. Sie drückte ihr blutverkrustetes Schnäuzchen gegen das Käfiggitter und blickte mich an, als könnte ich ihr verraten, was aus ihr werden würde. Keine Angst, sagte ich zu ihr. Du bist zwar sehr jung, aber groß genug, um ohne deine Mutter zurechtzukommen. Dich werden sie auch verkaufen.

Nur abends konnte sich der Dackel zum Keller wagen. Der Pförtner ließ ihn dreimal am Tag raus, wie Yuri es ihm aufgetragen hatte, und machte mit ihm die übliche Runde: Laternenpfahl, einmal um den Block oder auf die Wiese – ein von Hundehaufen und Abfall übersätes, taschentuchgroßes Rasenstück, das mitten auf der Straße als Verkehrsinsel diente. Der Pförtner dachte, es wäre einfach, mit einem Dackel Gassi zu gehen. Doch da hatte er sich geirrt. Denn kaum hatte Platon am Weihnachtstag die Schwelle der gläsernen Eingangstür überschritten, bewegte er sich keinen Schritt weiter. Er legte sich in den Eingang, und sosehr der Portier auch an der Leine zog, er bekam ihn nicht von der Stelle. Beim morgendlichen Spaziergang schleifte er ihn wie einen defekten Rollkoffer hinter sich her. Beim Nachmittagsspaziergang ebenso. Abends verzichtete er, die Sache war einfach zu anstrengend. Der Dackel wollte in den Beeten im Hinterhof herumschnüffeln? Pech für die Blumen. Der Pförtner schloss das Tor, löste die Leine und ließ ihn um das Haus herumwuseln.

Platon näherte sich der Kellerluke, doch dahinter war es finster. Alles, was er an jenem ersten Tag erkennen konnte, war das metallische Schimmern der Käfige. Auf sein freundliches Hallo ertönte nur ein gedämpftes Winseln. Und die kehlige Stimme einer alten Schildkröte. Was suchst du hier, kleiner Hund?, fragte sie. Ich würde gern Freunde finden, denn außer meinem Herrchen habe ich niemanden, antwortete Platon höflich. Und da kommst du deine Freunde mit leeren Händen besuchen?, wunderte sich die Schildkröte. Beschämt rannte Platon los, riss ein Büschel Klee aus einem Beet und hielt es der unbekannten Stimme hin.

Abends, als es dunkel geworden war, kam ein Handlanger des Tätowierten. Er brachte den Tieren zu trinken und kippte Katzenbrekkies und Dosenmilch in die Schüsseln. Widerwillig kratzte er den Kot zusammen und kippte einen Eimer Wasser auf die Tiere. Das Krokodil, das einzige Tier, das statt in einem Käfig in einem mit Plastikfolie überdeckten Becken hockte, bekam Larven – Fischköder. Es war nicht länger als ein Bleistift, aber eines Tages würde es so lang wie ein Auto sein und in kein Schwimmbad mehr hineinpassen.

Diesmal wurde die Ware nicht sofort losgeschlagen. Nur der Leguan verschwand in einer Katzentransportbox. Ich Ärmster, klagte er, während die Handlanger des Tätowierten das Schloss kontrollierten, wo ich doch allergisch gegen Katzen bin! Er nieste. Die anderen Tiere mussten warten, denn über Weihnachten waren die Kunden in den Ferien.

Ich verbrachte meine Zeit damit, mit Signora Leo zu plaudern. Der Schildkröte hatte man keinen Knebel angelegt: Die Menschen wissen nicht, das Schildkröten eine lange Zunge haben. Signora Leo erzählte mir, dass die Königin eine Afghanische Windhündin sei. Sie hatte keine Ahnung, wie sie in die Budapester Garage geraten war, um dann auf den Laster geladen zu werden. Anfangs waren es drei Schwestern. Sie sahen genau gleich aus, mit champagnerfarbenen Strähnen im weißen Fell und nachtschwarzen, schräg stehenden Augen. Die drei Windhündinnen hatten eine Sonderbehandlung erhalten und waren während der Reise dreimal aus den Kartons geholt worden. Die Fahrer nahmen sie mit in die Raststätten, damit sie sich aufwärmen konnten, denn trotz des dichten Fells sind Windhunde empfindlich, sie frieren leicht und werden schnell krank. Auf dem Markt für Rassehunde waren die drei ein Vermögen wert und mussten gesund ankommen.

Beim ersten Halt zitterte die größte der Schwestern, sie war ganz benommen vor Kälte, hustete und torkelte wie ein Betrunkener. Beim zweiten Halt war sie bereits erfroren, und der Fahrer warf sie von einer Überführung. Die zweite Schwester hatte abhauen können und war über die Autobahn gerannt, doch die Betonmauer zwischen den Fahrbahnen war zu hoch, sie kam nicht darüber. Völlig verängstigt drängte sie sich dagegen, während der Fahrer fluchte und brüllte, sie solle zurückkommen. Als sie sich schließlich dazu durchrang, wurde sie von einem Lkw überrollt. Die dritte Schwester war die Königin: Entsetzt hatte sie alles mit angesehen, aber nicht eine Träne vergossen und die ganze Reise über keinen Ton gesagt. Sie war ein stolzes Geschöpf und würde sich ihr Leid nicht anmerken lassen. Königinnen weinen nicht.

Ich fragte Signora Leo, woher sie das alles wusste, immerhin hatte sie wochenlang im Dunkeln zugebracht, eingesperrt in einer Kiste. Meine Liebe, entgegnete die Schildkröte, ich brauche weder Augen zum Sehen noch Ohren zum Hören. Du siehst meinen alten, runzeligen Körper und denkst, das ist alles – ein Periskophals, ein winziger Kopf, ein Knochenpanzer, vier kurze, schuppige Beine, zwanzig scharfe Krallen, ein Stummelschwanz und zwei matte Pupillen. Doch so wie mein Körper sich unter dem schützenden Panzer verbirgt, verberge ich mich in dieser Hülle. Verstehst du, was ich meine? Die Form ist nur Fassade, sie hat keine Bedeutung. Wenn ich in mich gehe und mit dem heimlichen Rhythmus der Welt verschmelze, kann ich meinen Körper verlassen wie die Raupe, die ihren Kokon verlässt und zum Schmetterling wird. Und obwohl ich erdenschwer bin wie Felsen und Bäume, kann ich davonfliegen wie Asche oder Feuerfunken. Deshalb sehe ich im Dunkeln und höre in der Stille. Weder Wasser noch Sturm oder Türen können mich aufhalten. Die Welt gehört mir. Ich wandele durch die Zeit und überschreite selbst die Grenzen des Todes.

Signora Leo, rief ich beeindruckt, Sie sind ja unglaublich! Wie nennt man diese Fähigkeit? Magie? Schamanismus? Hexerei? Nenn es, wie du willst, Liebes, antwortete die Pantherschildkröte, es spielt keine Rolle. Ich habe lediglich gelernt, meine Gaben zu nutzen und sie in den Dienst der Allgemeinheit zu stellen. Ein Talent zu besitzen, das niemanden beglückt, macht einen arm. Ich lebe für die anderen. Deshalb weiß ich, dass mein Leben eine Bedeutung hat, und bin froh, es gelebt zu haben.

Die Königin nahm an unseren Unterhaltungen nicht teil, sie hätte sowieso nichts verstanden. Sie sprach mit niemandem. Die Welpen, die überlebt hatten, fragten sie nach ihrem Namen, woher sie kam, wie viele Monate alt sie war. Doch sie hockte stumm und zitternd in ihrem Käfig. Als der Handlanger des Tätowierten kam und ihr den Knebel herausnahm, um ihr zu fressen zu geben, versuchte sie sofort, ihn zu beißen, auch wenn er inzwischen Bescheid wusste und dicke Handschuhe trug, deren künstliche Daunen sie angewidert ausspuckte. Der Handlanger schlug sie, er pfiff auf ihren herrschaftlichen Rang. Er zielte auf den Körper, um ihr das Gesicht nicht kaputt zu machen. Die Königin beklagte sich nie. Sie ertrug es und begann am nächsten Tag von vorn. Signora Leo meinte, diese Windhündin wäre fast genauso starrköpfig wie eine Schildkröte. Doch hätte sie keinen Grips. Wenn sie so weitermachte, würde sie sich noch umbringen lassen. Widerstand bringt keine Freiheit.

Zwei Tage nach Eintreffen der Lieferung gelang es Platon, die Schnauze durch die Kellerluke zu schieben. Er steckte sie so weit hinein, dass er sich die Ohren zerkratzte und das Silberplättchen mit seinem Namen im Mückengitter hängen blieb. Es war kurz nach vier, und das goldene Abendlicht sickerte herein und malte ein Streifenmuster auf die Käfige. Und da sah er sie. Die Königin – das weiße Fell umhüllte sie wie ein Abendkleid – saß aufrecht an der Käfigöffnung und rieb ihre Nase am Vorhängeschloss, als könnte sie es damit öffnen. Sie konnte nicht hineinbeißen, wegen des Knebels. Ihre dunklen Augen funkelten stolz in der Dunkelheit. Als sie Platons Blick begegnete, knurrte sie ihn feindselig an, denn sie wollte nicht so gesehen werden: erniedrigt und gefangen.

Guten Tag, Signorina, sagte der Dackel höflich. Ich freue mich, Ihre Bekanntschaft zu machen. Darf ich mich vorstellen? Ich bin Ihr Nachbar. Wir wohnen im ersten Stock.

Noch immer knurrend versuchte die Königin sich in die Dunkelheit zu flüchten, doch der Käfig war so klein, dass sie kaum einen Schritt zurückweichen konnte. Ihr weißer Pelz schimmerte, als würde er phosphoreszieren. Sie brauchen keine Angst vor mir zu haben, sagte Platon beschwichtigend. Ich beiße nicht, ich kann keiner Fliege was zuleide tun. Ich bin ein Freund der Welt und die Welt ist mein Freund.

Du solltest die Signorina lieber in Ruhe lassen, junger Mann, schaltete sich die Schildkröte ein. Sie ist ziemlich eigen und hat viel gelitten. Sie hat keine Lust, mit dir zu reden. Verstehe, sagte Platon, der den Blick nicht von der Königin abwenden konnte, weil er in seinem ganzen Leben noch nie ein so schönes Wesen gesehen hatte. Doch ich glaube, ich wäre eine interessante Bekanntschaft. Ich lebe schon eine ganze Weile in dieser Stadt und könnte Ihnen ein paar Tipps geben. Oder ich könnte Ihnen helfen, die Zeit zu vertreiben. Ich kenne viele Geschichten, und wenn Sie erlauben, könnte ich eine zum Besten geben.

O ja, wisperte es aus dem Dunkel, hier drin krepiert man vor Langeweile. Platon zögerte, bis ihm die schönste Geschichte eingefallen war, dann fragte er die Königin, ob sie Anubis kenne.

Die Königin röchelte leise, rührte sich aber nicht.

Sie starrte den Dackel am Fenster an: eine Wurst mit vier Pfoten – Schlappohren, die durch den Staub schleiften, drahtiges, raues, gewöhnliches braunes Fell, länglicher Walzenkörper, Stummelbeine. Dieser Hund konnte weder schnell laufen noch jagen oder einem König Gesellschaft leisten.

Platon bemerkte den Hohn in den dunklen Königinnenaugen, und zum ersten Mal in seinem Leben sah er sich, wie die anderen ihn sahen. Er kam sich tatsächlich wie Happy vor: wie ein lustiger, lächerlicher Zwerg.

Anubis lebte im alten Ägypten, hob Platon an, um sich Mut zu machen, er bewachte das Jenseits und begleitete die Toten zum Seelengericht. Er wog ihre Herzen auf der Waage der Ewigkeit. Er hatte einen menschlichen Körper und den Kopf eines Hundes. Also war er auch ein Hund. Auch Hunde können Götter sein.

Ein Funken Neugier flackerte in den Augen der Königin auf, doch da machte der Pförtner die Leine am Halsband des Dackels fest, zerrte daran und sagte im törichten Tonfall, den die Menschen anschlagen, wenn sie mit Hunden reden: Was gibt's denn da zu bellen? Hör auf, ich werde noch ganz irre. Platon stemmte die Pfoten in den Boden, doch vergeblich, er war zu leicht. Der Portier schleifte ihn fort.

Du bist doch bloß ein Sklave, wisperte der Skorpion, und du willst uns erzählen, dass Hunde Götter sein können.

Und so begann Platon zu singen. Die ganze Nacht über stand er laut singend auf dem Balkon, damit die Gefangenen im Keller ihn hören konnten. Er sang die Geschichte treuer Hunde wie Argus, dem Hund von Odysseus, der zwanzig Jahre lang auf Ithaka auf sein Herrchen wartete und am Tag seiner Rückkehr starb. Er sang von bösen Hunden wie Zerberus, der drei Köpfe hatte und den Eingang des Totenreiches bewachte. Von unfehlbaren Jagdhunden wie Sirius, dem Hund des Orion, oder Lailaps, dem Hund der Prokris, dem die Menschen zum Gedenken an seine Taten ein steinernes Denkmal errichteten. Seine Lieder hatten einen überwältigenden Erfolg sowohl im Keller als auch auf den Bäumen ringsum – der Dackel war musikalisch und sang fast so melodiös wie ein Vogel.

Doch das schönste Lied war die *Ballade von Laika*, der Astronautenhündin, die sich in einen Stern verwandelte. Als er sie das erste Mal zum Besten gab, verstummte das gesamte Viertel, um zu lauschen. Kaum hatte er geendet, zerriss herzzerreißendes Wimmern die Nacht. Es war, als käme es aus der Wüste, aus einer anderen Welt, und als wollte es sagen: noch mal, noch mal! Als Platon begriff, dass es die exotische Stimme der Königin war, blieb ihm fast das Herz stehen. Und er begann von vorn:

Es war einmal ein Hund, Laika genannt
ein Mädchen, klein und weltgewandt
Der Mond war für die Menschen einst entrückt
und unerreichbar wie das Glück
Ihre Raumkapseln konnten zwar ins Weltall fliegen
den Himmel jenseits der Wolken durchsieben
Doch wie's zurück zur Erde ging
das kriegten sie damals noch nicht hin

Also wählten sie Laika aus: Nur Mut, sagten sie
denn diese Reise zu den Sternen
führt in endlose, unbekannte Fernen

Mit Sauerstoffflasche, Anzug und Helm
stieg Laika ein
ohne Pilot, mutterwindallein
Sie starteten die Maschinen
das Raumschiff flog von hinnen
blitzgeschwinder als der Schall
zischte Laika hoch ins All
Das Blau der Erde war wunderschön
und die Kapsel ward nicht mehr gesehn

Zur Erde kehrte sie nie zurück
der Allhund umkreiste Stück für Stück
Erde, Himmel, Sonne und Raum
Als einziges lebendes Wesen
konnte sie in der Unendlichkeit lesen
und hinter den Schleier der Dunkelheit schaun

Und wenn des Nachts im Dunkeln
ein zuckendes Licht
das Nichts durchbricht
dann ist es Laika
zwischen den Sternen ein Funkeln

Die Menschen hingegen konnten der *Ballade von Laika* nichts abgewinnen. Die Hausbewohner beschwerten sich beim Pförtner und fragten, was bloß mit dem Dackel los sei. Er war immer so gut erzogen und folgsam gewesen, und jetzt bekam keiner mehr ein Auge zu. Sie warfen Steine gegen die Rollläden und klingelten an der Tür. Dann verlangten sie vom Portier, er solle Yuri ausrichten, wenn er seinen Hund nicht zum Schweigen brächte, würden sie ihn wegen nächtlicher Ruhestörung anzeigen. Doch Yuri war weit weg, und der Pförtner wusste nicht, wie er ihn wissen lassen sollte, dass sein Dackel verrückt geworden war.

Wenn Platon sich jetzt morgens an die Kellerluke stellte, drückte die Königin ihre Schnauze gegen die Käfigstäbe. Wegen des Knebels konnte sie nicht mit ihm sprechen, doch ihre mandelförmigen Augen musterten ihn. Und Platon fühlte sich stark wie ein Mastiff und schwach wie eine Blume. Er raunte ihr zu, sie solle keine Angst haben, er sei bei ihr, niemals würde er zulassen, dass ihr jemand etwas zuleide täte. Ihre stolzen Augen schienen zu sagen: Wie willst du mich denn schützen, du kurzer kleiner Dackel? Doch Platon ließ sich nicht entmutigen und sagte, das Aussehen sei Nebensache, in der Seele liege das Schicksal und seine Seele enthalte den unbezähmbaren, unzerstörbaren Geist des Universums.

Die Königin schüttelte skeptisch das Fell. Platon blieb unbeirrt. Wenn sie ihm nicht glaubte, dann wenigstens Yuri: Sein Menschenfreund wäre bald wieder zurück und würde die Entführer anzeigen. Dann würde er die Kellertür aufbrechen und sie rausholen. Ich habe ja gesagt, Dackel sind naiv, selbst wenn sie Philosophie studieren.

Denn Yuri war weit davon entfernt zurückzukehren. Ada machte nämlich gar keinen Kreuzfahrturlaub mit ihren Freunden, und Yuri verplemperte eine ganze Woche auf der *Prince*, ehe er sie endlich traf. Kaum hatte das riesige, turmhohe Schiff den Hafen verlassen, ging Yuri auf, dass irgendetwas an

Bord nicht stimmte: Sämtliche Männer und Frauen, die die Aufzüge und Flure bevölkerten, hätten seine Großeltern sein können, und er fragte sich, wo bloß Adas Gruppe sein mochte. Dann begriff er, dass Ada nicht unter den Kreuzfahrtpassagieren sein konnte, und hoffte, sie gehörte zu dem kleinen Orchester, das nach dem Abendessen für die Reisenden aufspielte. Doch das bestand durchweg aus Männern um die fünfzig, deren Liederrepertoire weit vor Adas Geburt entstanden war. Schließlich traf er sie beim Silvesterball im Festsaal.

Ada trug eine Kellnerinnenuniform und trug ein Tablett voller Champagnerkelche. Eigentlich hätte sie die Küche nicht verlassen dürfen, denn sie wurde fürs Spülen bezahlt. Doch da es nicht genug Personal gab, um die Feierlust all dieser Menschen zu befriedigen, die gefürchtet hatten, das neue Jahr nicht mehr zu erleben, hatte der Restaurantchef sie gebeten einzuspringen. Ziellos streifte Yuri durch den Saal, ein Zwanzigjähriger zwischen dreitausend Tattergreisen, und Ada wusste nicht, ob sie lachen oder weinen sollte, schließlich hatte sie ihn angelogen.

Yuri rempelte sie an, und das Tablett flog ihr aus der Hand. Sämtliche Gläser gingen laut klirrend zu Bruch. Was machst du denn hier?, fragte Ada verdattert.

Ich weiß nicht, was Yuri darauf sagte, Platon hat

es mir nicht erzählt. Doch am 4. Januar, als der Tätowierte sich die Klapperschlange, den Skorpion, das Krokodil und den Affen Shiva holte, befand Yuri sich auf dem Schiff *Prince* unweit der Kanaren. Allerdings sah er weder den Ozean noch die Strände, denn er saß in der Küche und schaute Ada dabei zu, wie sie die riesige Spülmaschine ein- und ausräumte. Sie trocknete Gläser ab und stellte sie in die Regale, derweil Yuri sie mit den Augen verschlang und der Dackel seinen Gedanken so fern war wie Laika auf ihrer Reise zu den Sternen.

Die Schlange verabschiedete sich von ihren Leidensgenossen mit einem tönenden Tanz, der alle verblüffte, weil noch niemand den Klang der Klappern gehört hatte – durchdringend wie eine unsichtbare Harfe. Lebt wohl, Brüder, sagte sie mit ihrem grauenvollen Akzent. Und auch du lebe wohl, Hundedichter, sagte sie zu Platon, der sie durch die Kellerluke hindurch anstarrte. Ich wünsche euch viel Glück, Signore, sagte der Dackel. Das Glück besteht nicht im Genuss, sondern im Guten, mein Junge, sagte die Schlange, es wird nie vollkommen sein, die Welt ist nur ein Schatten. Das werde ich mir merken, winselte Platon. Ihm war, als hätte er diese Worte schon einmal gehört.

Während der Tätowierte ihn in die übliche Katzentransportbox stopfte, drehte sich der Affe nach der Königin um und sagte: Lass dich nicht unterkriegen. Aber zeig den Menschen nie, was du denkst. Wenn sie dich schlagen, reagier nicht. Wenn du sie hasst, wedele mit dem Schwanz, und wenn sie dich streicheln, tu so, als fändest du es schön. Sonst wirst du nie aus diesem Keller rauskommen. Das Verstellen ist der Schlüssel zu deinem Käfig. Du bist eine Königin, aber du bist auch ein Hund. Wenn du im Leben weiterkommen willst, musst du den Menschen geben, was sie wollen.

Und als sich der Tätowierte an diesem Abend dem Käfig der Königin näherte, knurrte sie nicht. Zusammengerollt lag sie da und wedelte matt mit dem Schwanz. Also öffnete der Tätowierte das Vorhängeschloss und holte sie heraus. Er ließ sie auf einen Tisch steigen, bürstete ihr schmutziges Fell mit einer feuchten Bürste und betrachtete sie zufrieden. Brav, brav, sagte er immer wieder, brav. Ohne einen Muskel zu rühren, ließ sich die Königin anfassen und striegeln. Und siehe da, der Affe Shiva hatte ihr einen guten Rat gegeben, denn als der Tätowierte ging, knebelte er sie nicht mehr. So konnte der Dackel beim Abendspaziergang das erste Mal mit der Königin reden.

Verirrter Stern, herabgefallen aus einer fernen Galaxie, sagte Platon und steckte die Schnauze zwischen den Lukenstäben hindurch, ich hielt mich für sehr glücklich. Ich hatte alles: ein Zuhause, zu fressen, Sicherheit, die Zuneigung eines Menschenfreundes. Und dennoch habe ich nicht gelebt, ehe ich dir begegnet bin. Ich bin an dem Tag geboren, an dem ich dich getroffen habe. In gewissem Sinne bist du die Mutter, die mich in die Welt gesetzt, die Göttin, die mich erschaffen hat. Und ich werde dir jeden Tag, den du mir gewährst, huldigen. Auf meine Art, denn ich bin weder Jagd- noch Kampfhund. Ich bin ein Schoßhund, ein Philosoph und Dichter. Mein einziger Reichtum sind Worte und Gedanken, doch davon habe ich mehr als genug für ein abwechslungsreiches, aufregendes und erfülltes Leben. Ich werde dir die schönsten Lieder dichten, die ein Hund je gehört hat, ich werde dich den erlittenen Schmerz vergessen lassen und dir das Glück zeigen. Das Glück ist heute, aber auch morgen und bis in alle Ewigkeit.

Wie schön du dich ausdrückst, Platon, sagte die Königin. Aber auch kompliziert, ich habe nicht studiert, ich komme aus den Bergen. Einem Hund wie dir bin ich noch nie begegnet. In meinem Land hüten Hunde Schafe und scharren im Müll. Sie fressen, was sie finden können, und schlafen im Dreck und Staub der Straße.

Von nun an, versicherte Platon ihr, wirst du Cracker, Reis und Fleischklößchen essen und bei mir schlafen, denn Yuris Wohnung ist groß genug für alle, und niemand wird dich mehr schlagen. Du musst nur leben, an meiner Seite. Und eines Tages, wenn alles zu Ende ist, treten wir gemeinsam ins Jenseits ein, und der Hundegott Anubis wird unser Herz auf die Waage legen und feststellen, dass wir verdient haben, miteinander in der Ewigkeit zu leben und uns in zwei Sterne zu verwandeln.

Aber du bist nur ein Dackel, fiel ihm die Königin ins Wort, ich kann nicht mit dir leben. Ich mag aus einem staubigen Land kommen, aber ich bin kein Straßenköter, den man mit Steinen bewerfen kann. Ich bin ein Afghane. Ich bin dazu geboren, einen König auf der Jagd zu begleiten oder einer Königin Gesellschaft zu leisten, aber gewiss keinem Dackel.

Es gibt keine Könige und Königinnen mehr, widersprach Platon mit hängenden Ohren und gebrochenem Herzen. Tut mir leid, sagte die Königin, du bist anders, Platon, ich mag dich. Du bist nett, aber ich werde nicht mit dir leben. Wenn du willst, kannst du mir gern deine Lieder vorsingen. Ich werde immer deine Freundin bleiben.

In jener Nacht ging Platon nicht auf den Balkon, um zu singen. Weinend verkroch er sich unter Yuris Bett – er wäre so gerne Argus, Zerberus oder Laika gewesen, der Hund, der sich in einen Stern verwandelte, doch er war nur Platon. Ein Dackel. Kürzer als ein Stiefel, leicht wie eine Puppe. Geboren, um irgendwelchen Kindern Gesellschaft zu leisten, keinem König. Doch selbst Dackel haben ein Herz und die Königin hatte seines gebrochen.

Der arme Platon. Wie gern hätte ich ihn getröstet, ihm mit dem Schnabel das Fell gezaust, ihm mit dem Flügel über die Schnauze gestreichelt. Doch der Dackel blieb in seinem Versteck, und ich flog in den Keller. Inzwischen war es dort still geworden, denn die Käfige waren leer, nur das Schnarchen der Dogowelpen war in der Dunkelheit zu hören. Die Königin konnte nicht schlafen. Unruhig drehte sie sich in dem engen Käfig herum. Doch sie war zu stolz, um Reue zu zeigen, und zu dickköpfig, um ihre Meinung zu ändern.

Signora Leo war ebenfalls wach. Mit meiner Hilfe hatte sie ein Mittel hergestellt, um nicht einzuschlafen: Zufrieden kaute sie auf einer Mischung aus Lorbeerblättern, Ameisen, Regenwürmern und Asche herum. Die ganze Nacht über plauderte ich mit der Pantherschildkröte. Sie war faszinierend und unglaublich weise. Sie kannte sämtliche Geheimnisse der Natur. Sie konnte Wunden heilen, Krankheiten austreiben, Liebestränke brauen und Geister beschwören. Wäre ich eine Pantherschildkröte gewesen, ich hätte mit ihr zusammenleben wollen. Aber ich bin ja auch nur ein Papagei.

Tags darauf kehrte der Tätowierte in den Keller zurück. Seine Handlanger brachten die Welpen weg, spritzten die Käfige mit dem Wasserschlauch aus und machten notdürftig sauber. Als er wieder allein war, legte der Tätowierte eine Plastikplane auf den Boden. Dann packte er Signora Leo bei den Vorderbeinen und zog sie in die Mitte des Raumes. Du bist ein Problem, Oma, sagte er und gab ihr einen Klaps auf den Panzer. Ich werde dich nicht los, dich will keiner mehr. Ich hab deine Fotos gezeigt. Sie meinen, du bist zu groß. Und zu alt.

So ein Rüpel!, rief Signora Leo, was fällt dem ein, derart respektlos mit einem Geschöpf zu reden, das alt ist wie die Welt. Wir Schildkröten sind schon durch die Meere geschwommen und haben die Knospen der Savanne geknabbert, da war deinesgleichen noch gar nicht erfunden.

Sie sagen, du hast keine Papiere, fuhr der Tätowierte fort, der von dem kehligen Gemurmel nichts verstanden hatte, du bist illegal und überträgst Krankheiten. Also bist du ein Problem. Aber um das Geld, das ich für deine Reise ausgegeben habe, bringst du mich trotzdem nicht. Ich kenne Leute, die hätten was für deinen Panzer übrig. Leopardenmuster ist total in.

Bilde dir bloß nichts ein, gab Signora Leo zurück. Du hast ja keine Ahnung, wozu ich fähig bin. Wenn du mich umbringst, wirst du es bereuen. Selbst im Jenseits werde ich dir keinen Frieden lassen.

Der Tätowierte verstand nichts. Er hockte sich rittlings auf den Panzer und versuchte, Signora Leos Kopf zwischen die Knie zu klemmen. Doch die Schildkröte zog sich in ihren Panzer zurück, stellte jäh die Beine auf und warf ihn ab. Verdammtes Miststück, brüllte der Tätowierte, wofür hältst du dich? Ich erwähnte bereits, dass er Gewichtheber war. Er drehte sie auf den Rücken wie einen Skarabäus. Die Unterseite ihres Panzers war verletzlich und gelb. Eine Platte, dünn wie Leder. Signora Leo strampelte wild mit den Beinen. Sie wollte sich wieder auf den Bauch drehen, doch der Tätowierte ließ sie nicht.

Nun, ich erspare euch eine detaillierte Schilderung des Kampfes, denn ich wünschte, ich hätte diesen Tag nicht erlebt. Signora Leo kämpfte mit aller Kraft, denn sie war mutig und liebte das Leben. Sie wollte noch so viel entdecken und unternehmen. Sie kratzte den Tätowierten mit ihren scharfen Krallen, zerfetzte ihm die Haut und schlug ihm das Messer aus der Hand. Die Wunden waren tief, und das

Blut tropfte auf den Boden. Der Tätowierte taumelte vor Schmerz und fand gerade noch an der Mauer Halt. Doch Signora Leo konnte das Messer mit dem Maul nicht erwischen. Der Tätowierte hob es auf und schnitt ihr ein Bein nach dem anderen ab. Dann, als die verstümmelte Schildkröte sich nicht mehr wehren konnte, hieb der Tätowierte die Klinge in den Panzer und säbelte ihr den Kopf ab. Er brach die Membran auf, zerstückelte den Körper und leerte den Panzer. Die noch warmen Brocken schmiss er in die tragbare Kühlbox, denn es tat ihm leid, all das gute Fleisch wegzuwerfen, seine zwei dauerhungrigen Hunde würden sich bestimmt darüber freuen. Dann spritzte er den Panzer mit dem Schlauch aus und rollte die Plastikplane zusammen. Von den roten Abdrücken, die seine Hände an den schimmeligen Wänden hinterlassen hatten, rann zäh das Blut hinab.

Als der Tätowierte hinausging, um sich in der Waschküche die Hände abzuspülen, konnte ich endlich durch die Luke hineinflattern. Ich setzte mich auf den wunderschönen gefleckten, nunmehr leeren Schildkrötenpanzer und weinte all meine Tränen. Ich habe das nicht gewusst, Signora Leo, stammelte ich, ich hätte das niemals für möglich gehalten, sonst hätte ich versucht, Ihnen zur Flucht zu verhelfen, es ist alles so schnell gegangen, verzeihen Sie mir. Die Königin heulte in ihrem Käfig und schlug die Stirn gegen die Gitterstäbe. Ich weiß nicht, ob sie die Pantherschildkröte oder sich selbst beweinte. Eine Träne lief ihre Schnauze hinab, dann noch eine und noch eine. Es ist einfach zu traurig, eine stolze weiße Afghanenhündin weinen zu sehen, und mit einem Blatt trocknete ich ihr die Tränen. Meine Tränen trocknete niemand. Und niemand konnte mir Signora Leo zurückgeben.

Der Tätowierte kehrte zurück. Er wickelte den Panzer in eine Decke und nahm ihn mit. Als er den Hof durchquerte, stürzte ich von meinem Ast auf ihn hinab und zerkratzte ihm die Kopfhaut. Je mehr er sich wehrte, desto fester rammte ich meine Krallen hinein. Schließlich schlug er mich weg. Wenn es Gerechtigkeit in dieser Welt gibt, rief ich ihm zu und flüchtete auf die Magnolie, dann wirst du für das, was du Signora Leo angetan hast, bezahlen, ihr Tod wird gerächt, das schwöre ich dir.

Gut gelaunt, als wäre nichts gewesen, tauchte der Tätowierte am nächsten Tag wieder auf. Die einzigen Spuren des nächtlichen Kampfes waren ein riesiges Pflaster auf seinem Schädel, wo ich ihn gekratzt hatte, und Verbände an den Händen, wo ihn Signora Leo erwischt hatte. Die Königin war allein im Keller, verschreckt, erschöpft und schlaflos. Platon hatte nicht mehr gesungen, um ihr Gesellschaft zu leisten.

Der Tätowierte zerrte sie aus ihrem Käfig. Noch einmal bürstete er ihr das Fell. Er steckte ihr die Finger in den Mund und streichelte sie, und die Windhündin tat so, als wäre ihr die widerliche Berührung seiner Hände angenehm. Du bist schön, wunderschön, lachte er. Morgen ist auch für dich der große Tag gekommen. Ich bringe dich in den Laden. Benimm dich gut. Ich verkauf dich.

Kaum erzählte ich Platon, dass die Königin verkauft würde, kletterte er über die Brüstung und stürzte sich in die Tiefe. Vielleicht glaubte er, er wäre eine Katze oder könnte schweben wie eine Feder. Doch stattdessen landete er unglücklich auf den Rücken und blieb reglos auf dem Rasen liegen. Platon?, rief die Königin aus ihrem Käfig. Platon? Platon? Der Dackel antwortete nicht. Er sah aus wie ein im Hinterhof zurückgebliebener Lumpen.

Ich flog zu ihm. Berührte ihn mit meinen Krallen, pickte ihn in den Po und in die Schnauze. Doch der Dackel rührte sich nicht. Wie geht es ihm? Was ist los?, fragte die Königin mit bebender Stimme. Sieh mal an, dachte ich verblüfft, Mut hat er, der Schoßhund. Sich von einem Haus zu stürzen, ohne Flügel.

Steck ihm eine Wacholderbeere in den Mund,

sagte Signora Leo, dann kommt er wieder zu sich. Erstaunt blickte ich mich um, denn Signora Leo war tot und konnte nicht mit mir reden. Und tatsächlich stand hinter mir nur ein Oleanderbusch. Es war wohl Einbildung gewesen. Trotzdem folgte ich dem Rat der Pantherschildkröte, und nach ein paar Minuten bewegte der Dackel ein Ohr, dann das andere. Er versuchte aufzustehen, aber es hatte ihn schwer erwischt, seine Beine gaben nach, und er fiel wieder hin. Er hatte sich das Becken gebrochen.

Mühsam schleppte er sich auf den Vorderbeinen zur Kellerluke. Himmelsstern, nuschelte er kaum hörbar, du wirst nicht verkauft, das werde ich nicht zulassen. Doch wenn ich es nicht verhindern kann, sollst du wissen, dass, egal wohin du gehst, ich dir folgen werde. Ich will ohne dich nicht leben. Und wenn ich nicht mit dir leben kann, dann werde ich für dich sterben. Bring mich fort, Geist des Universums, flüsterte die Königin. Ich habe Angst.

Eine Stunde lang bellte Platon ununterbrochen. Die Fenster des Mietshauses wurden eines nach dem anderen hell. Auf den Balkonen und hinter den Rollläden tauchten verschlafene Schemen auf. Halt's Maul!, brüllten sie. Hör auf, fahr zur Hölle! Doch der Dackel gehorchte nicht. Im Gegenteil, sobald er die Schatten der Menschen hinter den Fenstern sah, bellte er noch lauter. Er lag im Dunkeln vor der Kellerluke und bellte und bellte und bellte. Nichts würde ihn von dort fortkriegen.

Nach einer Weile ging der Pförtner in Yuris Wohnung hinauf, aber Platon war nicht da. Das Körbchen war leer und das Balkonfenster sperrangelweit geöffnet. Der Pförtner bekam einen Riesenschreck, denn Yuri hatte ihm Geld gegeben, damit er auf den Hund aufpasste, und jetzt war er abgehauen.

Der Nachbar aus dem zweiten Stock, der einen Obststand auf dem Markt hatte und in aller Herrgottsfrühe auf den Beinen war, teilte dem Pförtner mit, dass er die Polizei gerufen hatte: So könne es einfach nicht weitergehen. Die Ferien seien vorbei, die Leute arbeiteten schließlich. Ich weiß nicht, was in diesen Hund gefahren ist, sagte der Portier, wahrscheinlich ist er liebestoll geworden. Dann hätte ich wohl eher einen Psychiater statt die Polizei rufen sollen, lachte der Nachbar aus dem zweiten Stock. Vielleicht glaubt der Dackel, er sei eine Katze. Nur verliebte Katzen singen Liebeslieder.

Mit einer Taschenlampe ging der Pförtner in den Hof hinunter, um den Dackel zu suchen. Seine Frau folgte ihm in Pantoffeln, mit dem Bademantel überm Nachthemd und frierenden nackten Beinen. Platon, jammerte sie sanft, du machst uns vielleicht Scherereien, Platon, wir waren immer so gut zu dir, wieso tust du uns das an? Wo hast du dich versteckt?

Nach einer Weile suchten sämtliche Hausbewohner den Hof nach dem Dackel ab. Väter und Mütter, die morgens früh auf waren, und arbeitslose Rentner, die morgens nicht wussten, was sie machen sollten. Der General aus dem dritten Stock, die Witwe aus dem vierten und sogar die beiden Mädchen aus dem Dachgeschoss. Platon, Platon!, riefen sie, und alle befürchteten, ihm könnte etwas Schreckliches zugestoßen sein. Denn wie kann man einen Dackel nicht gernhaben?

Sie folgten seinem Bellen und fanden ihn schließlich: die Schnauze im zerrissenen Mückengitter zwischen den Stäben einer finsteren Kellerluke. Platon!, rief der Pförtner. Was ist denn mit dir los, Platon? Er nahm ihn auf den Arm und leuchtete mit der Taschenlampe zwischen den Gitterstäben hindurch. Die leeren Käfige blitzten auf, die Blutspuren an den Wänden und dann die weiße Königin, die empört an dem goldenen Vorhängeschloss leckte.

Nur wenig später traf die Polizei ein. Das Blinklicht ließ die Bäume im Hof blau erstrahlen, aber jetzt waren die Hausbewohner sowieso schon wach. Die Nachbarn erzählten sich von der Verrücktheit des Dackels: eine Verrücktheit mit einem klaren Zweck, denn der Hund hatte sie zu dem Keller führen wollen. Alle waren erstaunt: Sie hatten nicht geahnt, dass Hunde Verstand, eine Seele und ein Herz hatten.

Die Pianistin aus dem Dachgeschoss wickelte den Dackel in ihren duftenden Kaschmirschal und bot an, für ihn zu sorgen, bis sein Herrchen, dieser Student namens Yuri, wieder zurück war. Ihre Mädchen würden sich schrecklich freuen.

Ein junger Polizist, erschöpft und übermüdet, weil er Schicht hatte und seit Stunden hinterm Steuer saß, bückte sich zur Luke hinunter und ließ sich die Taschenlampe geben. Die Königin bellte aufgebracht. Ich bin entführt worden, ich bin minderjährig, ich soll verkauft werden, helft mir!, schrie sie ihm zu.

Der Polizist fragte, wem dieser wunderschöne weiße Hund gehörte, doch niemand wusste es. Sie hatten nicht einmal gewusst, dass sich im Keller ein Hund befand. Der Besitzer des Kellers lebte in einer anderen Stadt, er nutzte ihn nicht, vielleicht hatte er ihn an irgendwen vermietet – aber niemand hatte je einen Menschen gesehen. Angesichts der Käfige spekulierte die Polizei auf einen Tierhändler. Skrupellose Kerle, die Tiere ohne Gesundheitspapiere aus dem Ausland einschmuggelten. Der Polizist meinte, er würde versuchen, den Kellerbesitzer ausfindig zu machen, und ihn anzeigen. Er streichelte den Dackel und lobte ihn. Wenn die Menschen so auf Recht und Ordnung bedacht wären wie dieser Hund, sagte er bitter, ließen sich viele hässliche Dinge vermeiden.

Als er ihn berührte, jaulte Platon vor Schmerz, alles war gebrochen. Dem Hund gehe es schlecht, sagte der Polizist zum Portier, man müsse einen Tierarzt rufen. Ich will nicht zum Tierarzt, protestierte Platon schwach, ich will bei der Königin bleiben. Du musst dich behandeln lassen, dummer Kerl, sagte die Königin, wieso hast du das für mich getan? Du hättest sterben können! Dabei kennst du mich nicht einmal! Ich kenne dich, entgegnete Platon, du bist meine bessere Hälfte.

Die Königin wollte etwas erwidern, doch die Worte des Dackels hatten sie so verblüfft, dass ihr die Zunge am Gaumen kleben blieb und sie sich nicht einmal verabschiedete, als der Pförtner den wie ein frierendes altes Mütterchen in den Schal der Pianistin gewickelten Platon forttrug. Während Platon ins Hundekrankenhaus gebracht wurde, rief der Polizist den Tierschutzbund an und versuchte die Königin zu beruhigen, die wild in ihrem Käfig bellte, weil sie nicht wusste, was aus ihr würde, und große Angst hatte, den Dackel nie wiederzusehen und sich nicht einmal bei ihm bedanken zu können.

Der Tierschutzbund kam um zehn Uhr morgens. Doch weil die Polizei den Kellerbesitzer nicht ausfindig machen konnte, wurde der Aufbruch nicht genehmigt. Vielleicht hatte der junge Polizist zu viele Dokus im Fernsehen gesehen oder besaß eine wilde Phantasie und hatte sich die Schmuggelgeschichte nur eingebildet, vielleicht betrieb der Mieter eine ganz legale Tierhandlung und hatte jedes Recht, seinen Windhund hier unten aufzubewahren. Wenn da nicht die Blutflecken an der Wand gewesen wären ...

Um eins tauchte der Tätowierte auf. Sonnenbrille, Baseballkappe und ein Pflaster auf dem Handrücken. Seelenruhig, als wäre nichts. Als er zum Tor kam, sah er einen Pfleger vom Tierschutzbund, der mit einem Polizisten redete. Also tat er so, als suchte er einen Namen am Klingelschild, machte gemächlich kehrt und stieg wieder in seinen schwarzen Geländewagen. Niemand hielt ihn an, denn niemand hatte ihn vorher je gesehen. Der ist es! Der ist es!, rief ich von meinem Ast, er ist ein Mörder! Ein Verbrecher! Er hat Signora Leo umgebracht! Er will die kleine Königin verkaufen! Doch wer hört schon auf das Geschwätz eines Papageis.

Um drei Uhr nachmittags brach die Polizei die Tür auf. Die Leute vom Tierschutzbund versorgten die Königin, die halb bewusstlos vor Hunger war, streichelten sie und sagten ihr, sie sei der edelste Afghane, den sie je gesehen hätten: Normalerweise griffen sie von Fahrerflüchtigen überrollte streunende Köter auf, nicht solch ein Prachtexemplar. Sie meinten, ein Tier zu misshandeln sei ein furchtbares Verbrechen, ein Tier sei wie ein Kind, es könne sich nicht wehren.

Ganz ruhig, Schöne, trösteten sie sie und halfen ihr in den Lieferwagen, wir bringen dich in ein hübsches Hotel, dort sind Menschen, die es gut mit dir meinen. Sie betteten die Königin auf Kissen, wie eine Reisende erster Klasse. Ich dachte, dass Platon es nach allem, was er für ihre Befreiung getan hatte, nicht verdiente, sie zu verlieren. Also folgte ich dem Lieferwagen auf seinem Weg durch die Stadt und flog darüber hin wie ein Schutzengel.

Platon wurde bis zum Hals eingegipst. Vierzig Tage lang klemmte er in einer Art weißer Rüstung. Mit dem kleinen Kopf und den kurzen Pfötchen sah er aus wie eine außerirdische Schildkröte, und als ich ihn sah, dachte ich, dass Signora Leo ihre Freude daran gehabt hätte. Doch die Pantherschildkröte würde ihn niemals sehen können, sie war tot, damit würde ich mich abfinden müssen.

Ein paar Tage später kehrte Yuri von seiner Kreuzfahrt zurück, und der Pförtner berichtete ihm von der Verrücktheit des Dackels, der eine weiße Windhündin aus den Fängen von Tierschmugglern gerettet hatte. Yuri war stolz auf seinen Dackel, ein echter Held unserer Zeit, und er schrieb dem Bürgermeister, er solle ihm den Preis für den Hund des Jahres verleihen.

Um seine lange Abwesenheit wiedergutzumachen, hielt er Platon den ganzen Tag im Arm. Hol sie, Yuri, bettelte der Dackel, sie haben sie in ein Tierheim gebracht, sobald die Quarantäne vorbei ist, geben sie sie dem Erstbesten, der sie nimmt. Wenn du sagst, dass du mein Herrchen bist, geben sie sie dir. Doch Yuri verstand nicht, was der Dackel ihm sagte. Er drückte ihn an sich und küsste ihn, er streichelte und pflegte ihn und hatte nicht die leiseste Ahnung, welche Angst ihm das Herz schwer machte. Auch weil er einfach zu glücklich war.

Ada hatte ihre Habseligkeiten in Yuris Wohnung gebracht. Yuri war erstaunt, wie wenige es waren. Er hatte angeboten, ihr beim Umzug mit dem Auto oder dem Lieferwagen eines Freundes zu helfen, aber Ada hatte gelacht. Sie hatte nur eine Leinentasche mit ein paar Jeans, zwei T-Shirts, einem Schlafanzug und ein paar Büchern in einer seltsamen Sprache, deren Buchstaben wie Zeichnungen aussahen. Sonst besaß sie nichts.

Umso besser, dachte Yuri, denn seine Wohnung war klein. Seiner Mutter sagte er nicht, dass er eine Freundin hatte, und auch nicht, dass sie bei ihm wohnte. Er wusste schon, was sie gesagt hätte: Und wer ist sie? Du kennst sie doch gar nicht! Du weißt nicht, woher sie kommt, nicht einmal ihren richtigen Namen weißt du! Die nutzt dich nur aus. Und außerdem bist du zu jung, mach erst einmal deinen Abschluss und genieß das Leben, das Heiraten hat noch Zeit. Aber Yuri war es egal, ausgenutzt zu werden - er war froh, endlich einmal jemandem nützlich zu sein. Außerdem dachte er gar nicht ans Heiraten: Er dachte nur an Ada.

Auch Ada liebkoste Platon, schließlich hatte der Dackel sie mit Yuri zusammengebracht, und das vergaß sie ihm nicht. Doch sie sprach ebenfalls keine Hundesprache. Sie verstand ja kaum die von Yuri.

Jeden Tag flog ich ins Tierheim, um die Königin von Platon zu grüßen. Ich brachte ihr Blumen, Fleischklößchen und sogar Lieder. Doch unter uns: Papageien sind unmusikalisch, und aus meinem Schnabel klang selbst die *Ballade für Laika* unerträglich schief. Die Königin erkundigte sich nach dem Zustand des Dackels, bat mich, ihm nicht von der Seite zu weichen und ihm zu sagen, dass er sich um sie keine Sorgen machen müsse: Es gehe ihr sehr viel besser, die Pfleger behandelten sie vorzüglich, sie bekomme Trockenfutter und köstliche Leckerlis und schlafe ohne böse Träume. Die Quarantäne sei eine reine Vorsichtsmaßnahme, das sei nun einmal Vorschrift, doch sie habe keine Krankheit, und schon bald würde man sie rauslassen. Jedes Mal, wenn ich mich zum Abflug bereit machte, sagte sie noch: Und sag Platon vor allem, dass ich niemals vergessen werde, was er für mich getan hat, sag ihm danke. Doch sobald ich dem Dackel diese Worte überbrachte, ließ er die Ohren hängen, weil es nicht das war, was er von der Königin hören wollte.

Ich war ihr Bote. Bis zur Erschöpfung flog ich zwischen den beiden hin und her. Allerdings sagte ich Platon nicht die ganze Wahrheit. Tatsächlich war die Königin im Tierheim nicht allein in Quarantäne. Da war auch Karjal. Dieser Karjal war ein Karelischer Bärenhund mit weißen Pfoten, dunklem Rücken und durchdringenden ölschwarzen Augen. Er war ein kräftiger, unerschrockener, ungebundener Kerl, den man vor den Toren der Stadt wegen Streunerei festgenommen hatte, niemand wusste, wie er dorthin gekommen war, denn bei uns gibt es keine Karelischen Bärenhunde. Karelien ist weit weg, kurz vorm Nordpol. Im Gegensatz zu Platon war er schweigsam, verschlossen und abweisend und würdigte die Königin nicht eines Blickes. Genau deshalb scharwenzelte sie den ganzen Tag um ihn herum: Sie verstand einfach nicht, wie dieser Hund für die Königin der Windhunde nichts übrighaben konnte.

Wie auch immer, die Königin redete sich ein, Karjal wäre ein würdiger Partner für sie, und mit der Zeit wurden ihr meine Besuche peinlich, beinahe lästig, denn sie wollte nicht mehr an den Dackel denken, sondern an die Zukunft, sie war jung und hatte das ganze Leben noch vor sich, sie hatte sich einen Gefährten ausgesucht und wollte mit ihm allein sein. Seht ihr, was für eine traurige Geschichte? Doch die Königin hatte sich nun einmal bis über beide Ohren in diesen Bärenhund verliebt.

Ich sage euch, wie es ist. Karjal war ein Freigeist, und ich respektiere Freigeister. Er scherte sich weder um die wunderschöne Königin noch um die anderen Hunde, die in den umliegenden Zwingern um seine Freundschaft buhlten, und auch nicht um die Menschen, die ihm zu fressen brachten. Er ignorierte sie, genauso wie er den Regen und alle anderen Nichtigkeiten ignorierte. Manchmal kamen die Leute, die einen Hund aus dem Tierheim adoptieren wollten, zum Quarantänezwinger. Die Kinder klebten fasziniert am Gitter, weil Karjal so eigenwillig und seltsam aussah, und wollten ihn mitnehmen. Doch die Pfleger rieten ihnen davon ab und sagten, der Bärenhund sei ein Jäger, er könne nicht in einer Stadtwohnung leben, und die Kinder zogen enttäuscht davon. Die Königin stolzierte vor ihm auf und ab, schüttelte ihre Mähne und wackelte mit dem Po, und obwohl sie jung und noch nie läufig gewesen war, hielt sie ihm ihren Hintern vor die Nase, damit er ihren Duft wahrnahm. Karjal wich ihr aus – ein Jäger jagt und lässt sich nicht jagen, und er wollte sich sein Weibchen selbst aussuchen, wenn der Moment gekommen war.

Kennst du die Geschichte von Anubis? Von Argus? Oder von Laika?, raunte die Königin ihm zuckersüß zu, und Karjal schüttelte brummend den Kopf. Die Königin wollte ihm Platons Lieder vorsingen, um nach dessen Vorbild sein Herz zu erobern. Doch der Bärenhund hatte dafür nichts übrig. *Es war einmal ein Hund, Laika wurde er genannt* – hob die Königin mit ihrer sanften Stimme an – *Ein Mädchen, klein und weltgewandt* … Hör mal, Schätzchen, unterbrach Karjal sie brüsk, dein Gerede interessiert mich nicht. Sag mir lieber, wo in diesem Land voller Zweibeiner, Autos und Schoßhunde Bären leben. Wenn du mir das verrätst, dann zeig ich dir, was ein Karelischer Bärenhund draufhat. Aber wenn du es nicht weißt, und du weißt es nicht, dann lass mich in Frieden.

Ein echter Naturbursche, dieser Karjal!

Tags darauf plauderte die sonst so kurz angebundene Königin mit mir in einem fort über einen Haufen Blödsinn und fragte mich irgendwann ganz beiläufig, ob ich wüsste, wo es in diesem Land Bären gebe.

Dabei leckte sie mir zärtlich über die Federn. Doch eher hätte ich mir die Flügel ausgerissen, als ihr das zu sagen.

Das hier ist kein Land für Bären, Prinzessin, entgegnete ich, das hier ist ein ziviles Land. Bei uns leben die Bären im Naturpark, wo Hunde sie nicht jagen dürfen: Das ist verboten. Hier gehören die Bären den Menschen.

Du Undankbare! Ich kochte vor Wut. Platon hat sein Leben für dich aufs Spiel gesetzt, und du hast ihn schneller vergessen, als eine Knospe erblüht. Du hast kein Herz, Windhündin. Du hast die Liebe des Dackels nicht verdient.

Aber natürlich verlor ich Platon gegenüber kein Wort darüber. Die Königin hat dich in liebevoller Erinnerung, du fehlst ihr, sagte ich, bald könnt ihr zusammen laufen. Und der Dackel ließ niedergeschlagen den Kopf hängen.

Leider ist das Tierheim ein großes Hotel, und jeden Tag kommt jemand Neues. Es gibt Hunde, die sind jahrelang herumgestromert. Sie haben Wälder und Berge durchstreift. Irgendwann würde einer der Königin erzählen, er habe einen frei lebenden Bären gesehen, und der Dackel wäre verloren. Ein Haufen Liebe wäre vergeudet. Platon war nun einmal mein Freund, und ich musste etwas unternehmen. Ich konnte nicht einfach abwarten, bis die Königin mit dem Karelischen Hund durchbrannte.

Als ich mich am nächsten Morgen auf den Quarantänezaun setzte, lag die Königin zusammengekauert auf ihrer Decke, das weiße Fell zerzaust, die Augen rot. Karjals Platz war leer.

Hau ab, Papagei, bellte die Königin, ich will dein Geschwätz nicht hören. He, protestierte ich, hast du schlechte Laune, Schöne? Ich hockte mich neben sie, und die Windhündin fegte mich mit der Pfote weg, so dass ich mit dem Schnabel gegen die Futterschüssel prallte. Unter Schmerzen rappelte ich mich hoch. Was willst du hier, Spionin?, blaffte die Königin und fletschte die Zähne. Lass mich in Ruhe! Sag deinem Dackelfreund, ich will ihn nie mehr sehen. Und dich auch nicht. Wenn du noch einmal hier auftauchst, reiß ich dir die Flügel mit den Zähnen aus und fresse dein Herz.

Sosehr ich sie zu beschwichtigen versuchte, redete sie kein Wort mehr und schnappte sogar nach mir. Mir blieb nichts anderes übrig, als taumelnd wie ein Betrunkener in einem Wirbel ausgerissener Federn davonzuflattern.

Einer der alten Hotelgäste, ein dreibeiniger Mischlingshund, der keinerlei Chancen hatte, adoptiert zu werden, weil er hässlich war, schielte und hinkte, berichtete mir, Karjal sei in der Nacht abgehauen. Er sei geflohen, als die Pfleger ihm zu fressen gebracht hatten. Er sei so schnell gerannt, dass sie ihn selbst mit dem Lieferwagen nicht mehr hatten einholen können. Ich hatte Mühe, meine Freude zu verbergen.

Denn tags zuvor, als die Königin gerade mit den Pflegern spielte und im Hof einem Ball nachlief, hatte ich Karjal geweckt, der faul auf seinem Platz lag und schlief. Was willst du, Federvieh?, hatte der Bärenhund alles andere als freundlich gefragt. Wieso störst du mich? Ich hatte gerade so einen schönen Traum. Ich weiß, was du träumst, Fremder, sagte ich schmeichlerisch, wenn du lieber weiterträumen willst, gehe ich wieder. Aber wenn du mir zuhörst, kann ich dir helfen, deinen Traum wahr werden zu lassen.

Und so hatte Karjal das Fell geschüttelt und mich zum Reden aufgefordert. Ich erzählte ihm, wo in diesem Land Bären leben. Viele braune, große, starke Bären, in den Bergen, keine zweihundert Kilometer von hier. Frei. In einem eigens für sie eingerichteten Nationalpark. Den zu finden ist nicht schwer. Man muss immer nach Osten, Richtung Sonnenaufgang. Irgendwann tauchen auf der Straße Schilder auf. Ein Bär ist darauf abgebildet. Man muss durch die Wälder und hoch in die Berge.

Karjal hatte keine sonderliche Erregung gezeigt. Wie gesagt, er war kein extrovertierter Typ. Ich stehe in deiner Schuld, Federvieh, hatte er lediglich gebrummt. Wenn du mich um etwas bitten willst, dann tue es jetzt, danach ist es zu spät.

Ich will nichts, Karelischer Hund, sagte ich und flog auf. Tu, was du tun musst, lebe dein Leben. So kannst du deine Schuld begleichen. Karjal hatte sich mit einem Schwanzwedeln verabschiedet.

Er hatte getan, was er tun musste. Kaum war es dunkel geworden, war er geflohen. Von der Königin hatte er sich nicht einmal verabschiedet. Bärenhunde sind nur der Freiheit treu.

In der Nacht schlief ich schlecht. Ich war bei Karjal, der glücklich in die Berge lief, doch seit Ewigkeiten keine Bären mehr gejagt hatte und vom Erstbesten mit einem Prankenhieb erschlagen wurde. Ich war bei der Königin, die über die Autobahn rannte, um Karjal zu folgen, und überfahren wurde – wie ein weißer Fußabtreter klebte ihr herrlicher Pelz auf dem Asphalt. Ich war bei Platon, der sich ins Leere stürzte und im Hinterhof verendete. Doch in dem Moment zupfte Signora Leo mich am Gefieder, um mich zu wecken, und sagte mir, es sei nur ein Traum, nichts davon sei wahr.

Du bist auch nicht wahr, Schildkröte, sagte ich, du bist vor vielen Tagen gestorben. Aber ich bin kein Traum, meine Liebe, gab Signora Leo zurück, ich bin wirklich hier. Und von alledem wird nichts passieren. Karjal wird niemals wiederkehren – aber er wird auch nicht von einem Bären erschlagen. Er ist stark und ungebunden, er kommt durch. Und Platon wird sich der Schwermut nicht beugen. Er will die Königin – und er wird bekommen, was er will.

Wie kann es sein, dass ich dich so deutlich sehe?, fragte ich. Du bist doch tot. Der Tätowierte hat dir den Kopf abgeschnitten, ich hab's selbst gesehen. Ich hab dir doch gesagt, die Form ist nicht entscheidend, hielt Signora Leo dagegen. Du hast mich gerufen, und ich bin gekommen.

Ach, Signora Leo, du musst uns helfen. Nur du kannst die Königin noch retten, und meinen Dackelfreund und mich auch. Du fehlst mir entsetzlich. Es war schrecklich, dich so früh zu verlieren. Wir hatten uns gerade gefunden.

Aber wir haben uns nicht verloren, Liebes, sagte Signora Leo. Ich werde deinem Freund Platon helfen. Und wenn alles vorbei ist, sehen wir uns wieder. Doch eines darfst du nicht vergessen: Ich werde keine Schildkröte mehr sein. Ein anderes Tier. Oder nicht einmal das. Ein Regentropfen, eine Schneeflocke, ein Sandkorn. Denn man kann nie zurück.

Ich hab was Seltsames geträumt, sagte Yuri am Morgen zu Ada. Wenn ich's dir erzähle, musst du mir schwören, dass du nicht lachst. Ada schwor und Yuri erzählte ihr, er hätte von einem Leoparden geträumt. Von einem herrlichen Leoparden, der zusammengerollt am Fußende des Bettes lag, direkt neben ihm. Das Seltsame war, das Yuri noch nie einen Leoparden gesehen hatte. Und weder hatte er gestern von Leoparden gesprochen noch einen Dokumentarfilm über Leoparden geschaut, es gab also keinen Grund, von einem Leoparden zu träumen. Doch das Merkwürdigste war, dass der Leopard sprechen konnte. Und zwar perfekt. Und er fragte ihn, ob er seinen Dackel liebte.

Aber klar, antwortete Yuri im Traum, und der Leopard fragte ihn, wie sehr. Wie einen Bruder, ich habe nämlich keinen, oder wie ein Kind, Kinder habe ich nämlich auch nicht, antwortete Yuri. Er hat etwas für dich getan, er hat dir Ada gebracht, sagte der Leopard, jetzt musst du etwas für ihn tun, bring ihm seine weiße Windhündin.

Lach jetzt bitte nicht, sagte Yuri und sah Ada nicht in die Augen, aus Furcht, sie könnte sich über ihn lustig machen, aber im Traum kam es mir kein bisschen komisch vor, mit einem Leoparden zu sprechen, ganz im Gegenteil, was er sagte, erschien mir richtig. Außerdem tat es mir leid, dass ich nicht von selbst darauf gekommen war – dass ein Leopard mich erst drauf bringen musste. Denn ich liebe Platon wirklich wie einen Bruder oder einen Sohn und würde alles für ihn tun. Morgen nehmen wir dem Dackel den Gips ab. Und dann will ich gleich ins Tierheim fahren und diese Windhündin holen, die Platon so viel bedeutet, dass er sein Leben für sie riskiert hat. Findest du das völlig daneben?

Überhaupt nicht, sagte Ada. Ohne Platon wären wir uns schließlich nie begegnet. Und außerdem ist er reif für eine Braut. Er ist auch lang genug allein gewesen. Es wird eng für uns werden, sagte Yuri nachdenklich. Meiner Mutter sagen wir nichts. Hoffen wir, dass ein Windhund nicht jeden Tag Fleisch braucht, so viel Geld habe ich nämlich nicht. Und selbst wenn ich dieses Jahr meinen Abschluss mache, werde ich bestimmt nicht so bald einen Job finden, denn wer braucht auf dieser Welt schon einen Philosophen.

Du machst dir zu viele Gedanken, jetzt holen wir erst einmal die Windhündin, alles andere wird sich schon finden, sagte Ada, die sich nie über etwas den Kopf zerbrach, weil sowieso alles kommt, wie es kommen muss. Fünfundzwanzig Jahre lang hatte Ada so gelebt, wie sollte sie sich da noch ändern? Hätte sie nicht an die Zukunft geglaubt und nicht ihren Namen, ihre Sprache und ihre Heimat geändert, sie wäre in ihrer rußgeschwärzten Stadt geblieben, hätte dem Regen zugeschaut und Traurigkeit gegessen. Und außerdem stimmt es nicht, dass dich niemand braucht, sagte sie. Menschen sind doch keine Werkzeuge, mit denen man Türen öffnet oder Löcher in die Wand bohrt. Menschen müssen denken, und ich mag, was du denkst.

Am vierzigsten Tag, einem eisigen, blauen Februarmorgen, nahm der Tierarzt dem Dackel den Gips ab und stellte fest, dass der Beckenbruch geheilt war. Platon konnte sich als gesund betrachten. Natürlich würde er niemals ein großer Läufer werden, aber ein Schoßhund muss schließlich keine Wettrennen gewinnen oder Geschwindigkeitsrekorde brechen. Wer weiß?, sagte Ada. Ein Champion muss nicht unbedingt groß und stark sein. Marathonläufer sind spindeldürr und klein. Vielleicht wird aus Platon eines Tages auch noch ein großer Läufer. Der Tierarzt dachte, dass dieses blonde Mädchen genauso merkwürdig war wie der Philosophiestudent und dass die beiden perfekt zueinanderpassten und ein unverschämtes Glück hatten, einander begegnet zu sein. Bei den Massen von Menschen in der Welt kann es leicht passieren, dass wir demjenigen, der wie für uns gemacht erscheint, niemals über den Weg laufen.

Yuri, Ada und der Dackel stiegen in den Bus

– Yuri konnte nämlich gar nicht Auto fahren – und brauchten fast drei Stunden bis zum Tierheim, das auf der anderen Seite der Stadt lag. Platon begriff, dass sie ihn zur Königin brachten, und sein Herz begann so wild zu schlagen, dass es schmerzte. Ich fuhr auf dem Dach des Busses mit, denn die ganze Hin-und-her-Fliegerei hatte mich völlig erschöpft. Ein Papagei ist schließlich kein Adler.

Yuri ging zum Tierheimdirektor und sagte, er sei der Besitzer des Dackels, der vor vierzig Tagen die Afghanische Windhündin vor den Tierschmugglern gerettet habe. Er wolle sie adoptieren. Der Direktor machte ein merkwürdiges Gesicht und bat sie zu warten. Yuri, Ada und der Dackel setzten sich in eine mit Hundezeitschriften und angenagten Kauknochen vollgestopfte Kammer und warteten.

Platon konnte einfach nicht still sitzen. Er wedelte mit dem Schwanz, drehte sich im Kreis und ließ sich zu Boden fallen. Er nahm den herben Hundegeruch wahr, der in den Mauern hing, und versuchte den der Windhündin auszumachen. Er murmelte die Worte vor sich hin, die er der Königin sagen würde, ging sie immer wieder durch, um festzustellen, welche am besten klangen. Schließlich entschied er sich für die einfachsten: Ich habe dich wiedergefunden, mein Herz gehört dir, von nun an werde ich dich nie mehr verlassen. Sag ja, und wir werden für immer glücklich sein.

Eine halbe Stunde verging, dann eine Stunde. Hin und wieder platzte ein Pfleger herein und musterte erstaunt die beiden jungen Leute mit dem Dackel. Dann kam eine Frau mittleren Alters mit kurzem, karottenrotem Haar aus dem Büro des Direktors. Sie war Polizistin und verlangte Yuris Papiere, er müsse mit ihr aufs Revier kommen, er sei ein Betrüger und des illegalen Tierhandels verdächtig. Der Besitzer des Dackels, der die Windhündin gerettet hatte, ein sportlicher junger Kerl mit Basecap und einem schwarzen Geländewagen, habe die Königin gestern zu sich genommen. Yuri begriff, dass er zu spät gekommen war.

Dann brach die Hölle los. Yuri brüllte, Ada brüllte. Die Polizistin fing an, mit dem Tierheimdirektor zu streiten, der mit seinen Pflegern zankte. Jeder gab dem anderen die Schuld. Schließlich griffen sie zu den Adoptionspapieren, und die Polizistin rief ihre Kollegen an und bat sie, den Namen des vermeintlichen Dackeleigentümers zu überprüfen. Doch das war verlorene Zeit, denn der Tätowierte hatte einen falschen Namen angegeben, und niemand wusste, wo die Königin geblieben war. Als der Dackel begriff, was los war, wurde ihm schwarz vor Augen. Yuri, Ada, die Polizistin, der Direktor und die Tierheimpfleger hörten einen dumpfen Aufprall und fuhren herum. Der Dackel war in Ohnmacht gefallen.

Diese Stadt ist riesig. Und ein Papagei ist, wie gesagt, kein Adler. Sosehr ich auch von Viertel zu Viertel flog und Parks und Gärten nach einem weißen Windhund absuchte, fand ich von der Königin keine Spur. Ich fragte sämtliche Hunde, ob sie eine rund sieben Monate alte Afghanische Windhündin gesehen hätten, schlank und elegant, eine strahlende Schönheit, doch niemand konnte mir weiterhelfen. Ich fragte die Katzen an den Katzentreffs, doch auch die hatten sie nicht gesehen. Ich fragte die schwarzen Kormorane, die in den Platanen am Fluss überwinterten, die Schwalben, die im März aus ihren Ferien in Ägypten zurückkehrten, sogar die streitsüchtigen Möwen fragte ich. Doch die Königin war verschwunden.

Yuri beklebte sämtliche Laternenpfähle und Pinnwände in Tierarztpraxen und Zoohandlungen mit dem Foto einer weißen Afghanischen Windhündin, die der Königin ähnlich sah. Es war mit seiner Telefonnummer versehen, doch monatelang meldete sich niemand.

Der Dackel fraß immer weniger, bellte kaum und wollte nicht mehr vor die Tür. Früher war er so gern spazieren gegangen, war immer fröhlich und vergnügt gewesen, ein Freund der Welt. Doch seit er festgestellt hatte, dass die Welt nicht sein Freund war, interessierte sie ihn nicht mehr. Er lebte wie mit einer unheilbaren Krankheit. Die Schwermut ließ ihn das Fell verlieren. Er wurde zusehends magerer, und Yuri litt mit ihm. Wenn er lernte, hielt er ihn wie früher auf seinen Knien, doch der Schmerz des Hundes lenkte ihn ab, und nach einer Weile begriff er nichts mehr von dem, was er las. Schlimmer noch, ihm verging die Lust am Lernen. Etwas Entsetzliches ging ihm auf: Alle Philosophie der Welt konnte einen Hund nicht trösten.

Im April ging Yuri mit Platon ins Rathaus, um dem Festakt zur Ehrung der verdientesten Bürger beizuwohnen. Der verdienteste Hund, die verdienteste Katze, das verdienteste Kind. Verdient bedeutete gut, gerecht, großzügig. So stand es im Faltblatt. Der Preis galt als hohe zivile Auszeichnung.

Ada konnte sie nicht begleiten, da sie keine Papiere hatte und die Namen der Geladenen am Eingang kontrolliert wurden. Das hast du verdient, Platon, sagte Yuri und gab ihm einen Kuss aufs Ohr, wir sind stolz auf dich.

Der Bürgermeister legte dem Dackel eine goldene Medaille um den Hals, und Platon senkte ehrerbietig den Kopf. Die rund tausend Menschen in dem großen, flaggengeschmückten Raum jubelten ihm zu und applaudierten, doch der Dackel schien nichts davon mitzubekommen. Was hat das alles für einen Sinn?, sagte er, während er zwischen den Stuhlreihen hindurchtrabte und sich auf das Siegertreppchen setzte. Ich habe nichts Besonderes getan, und wenn doch, dann für die Königin. Aber wenn es die Königin für mich nicht mehr gibt, dann gibt es auch das alles nicht, es sind Hirngespinste.

Der Bürgermeister horchte neugierig auf. Er hatte selbst einen Hund, eine klatschsüchtige Bracke, und wusste, dass der Dackel etwas Wichtiges sagte. Doch es half nichts, er verstand ihn nicht und forderte das Publikum auf, dem Verdientesten Hund des Jahres Beifall zu schenken.

Yuri hängte Platons Medaille neben seine Abitursurkunde. Er hätte sie gern neben sein Unidiplom gehängt, doch in diesem Frühjahr hatten ihn seine Verliebtheit und die Traurigkeit des Dackels so aus dem Konzept gebracht, dass er für die Diplomarbeit keinen Kopf hatte und die Prüfungen verschieben musste. Ada schlug vor, er solle mit Platon zum Fernsehen gehen und die ganze Geschichte erzählen, vielleicht könne man der Königin so auf die Spur kommen.

Yuri sagte, er schäme sich, im Fernsehen aufzutreten: Er besaß nicht einmal einen Fernseher, das war nur ein dämliches Haushaltsgerät, wie Waschmaschinen und Kühlschränke. Die Menschen brauchen nun einmal Haushaltsgeräte, meinte Ada, und es ist nicht deren Aufgabe, intelligent zu sein. Das ist Aufgabe der Menschen. Außerdem haben alle einen Fernseher. Selbst die, die in anderen Städten leben und deine Steckbriefe nicht gesehen haben. Vielleicht haben sie die Königin gesehen.

Also schrieb Yuri einen Brief an eine Sendung, in der man seine verschwundenen Verwandten suchen konnte, und als man ihn einlud, ging er zum Friseur, ließ sich die Haare schneiden und kaufte sich ein schwarzes Jackett. Er hoffte, sein strenger Doktorvater möge die Sendung nicht schauen, und ging hin.

Die Königin lebte am Stadtrand jenseits des Flusses hinter den verlassenen Fabriken und Brennereiruinen, der Müllkippe und dem Autoverschrotter. Das Haus war ein hässlicher Rohbau, weil der Vater des Tätowierten es nie fertig gebaut hatte und das zweite Geschoss ein Traum geblieben war, von dem nur das Skelett existierte: vier verrostete Balken, die sich wie flehende Arme in den Himmel reckten. Doch es gab einen großen Garten hinter einer hohen, von Stacheldraht und glitzernden Flaschenscherben bekrönten Mauer. Die Königin strich durch die Büsche und Hecken und bildete sich ein, frei zu sein.

Sie ging hin, wo sie wollte, wohnte im Haus und durfte in der Waschküche schlafen, in einem Weidenkorb, in dem zu Weihnachten der Panettone und der türkische Honig eingepackt gewesen waren und der immer noch nach Zucker roch. Der Tätowierte erwartete nicht, dass aus ihr ein Wachhund würde, und wollte nichts von ihr. Sie hatte Klasse, und man konnte sich mit ihr schmücken. Mit ihr sah er aus wie ein Herr, und weil er arm geboren war, hatte er immer davon geträumt, jemand zu sein. Inzwischen hatte er Schubladen voller Geld, einen schwarzen Geländewagen und das richtige Outfit, doch machte das noch lange keinen Herrn aus ihm. Wer ihn schon lange kannte, behandelte ihn wie vorher, als er noch ein armer Schlucker gewesen war. Und wer ihn gerade erst kennengelernt hatte, behandelte ihn wie einen Eindringling, der zwar allen das Abendessen zahlt, aber trotzdem ein armer Schlucker bleibt. Die Königin konnte mehr als Geld. Wenn er mit ihr an der Leine die Straße entlangging oder einen Designerladen betrat, um sich einen Anzug zu kaufen, behandelten die Leute ihn mit Respekt. Und die Verkäuferinnen bedienten ihn sofort.

Der Tätowierte dachte nicht mehr daran, sie zu verkaufen. Nach allem, was im Keller geschehen war, hätte er womöglich noch eine Anzeige riskiert: Nachdem man ungeschoren gegen so viele Gesetze verstoßen hatte, wäre es einfach zu blöd gewesen, sich wegen eines Hundes in die Nesseln zu setzen. Außerdem war die Königin das schönste Geschöpf, das er jemals gesehen hatte. Und er hatte nicht viele schöne Geschöpfe gesehen, weil er zwischen Asphalt und Zement aufgewachsen war, auf der Straße, unter Menschen, die nicht wussten, was Schönheit war. Mit Hunden hatte er reichlich zu tun gehabt, um sie zu verkaufen oder sich zu verteidigen – doch kein Hund war wie die Königin gewesen, die zu nichts nutze war und nur schön sein musste.

Der Tätowierte hatte bereits zwei Hunde, zwei Pitbulls namens Monzón und Tyson, nach zwei unschlagbaren Boxern benannt, deren Plakate er als Junge in seinem Zimmer hängen hatte. Der Tätowierte hatte den Pitbulls beigebracht, dass die Welt ein grausamer Ort war, an dem nur der Stärkste und Böseste überlebt. Und so waren Monzón und Tyson stark und böse geworden. Sie wussten nicht einmal, dass es Weibchen gab, und glaubten, sie seien die einzigen Hunde auf Erden, wie Adam und

Eva im Garten Eden. Der Tätowierte hatte sie darauf abgerichtet, sämtliche Lebewesen zu hassen – von den Menschen bis zu den Blumen – und außer ihn jeden zu beißen, der einen Fuß auf das Grundstück setzte. Monzón und Tyson glaubten ihm alles aufs Wort, denn sie hatten den Garten nie verlassen. Neun Jahre lang hatten sie ihre Pflicht getan. Sie hatten Waden und Wangen gebissen, streunende Katzen und den einen oder anderen vorwitzigen Vogel zerfleischt. Sie hatten sich mit der Welt angelegt und waren nur einander grün. Sie redeten immer im gleichen Moment, nahmen sich die Worte aus dem Mund und schliefen zusammen, um einander Gesellschaft zu leisten.

Als der Tätowierte mit der Königin ankam, begriffen die beiden Pitbulls nicht, was dieser haarige, duftende Vierbeiner war. Der Tätowierte hielt die beiden neben dem Tor an der Kette, und wenn er sie losließ, musste die Königin im Haus bleiben. Er hatte die zwei gewarnt: Wenn sie den Gast bissen oder ihm zu nahe kämen, würde er ihnen den Hals umdrehen. Er war ein überzeugender Typ, und Monzón und Tyson gehorchten ihm.

Doch die weiße Windhündin wie eine entmachtete Königin durch den Garten streifen zu sehen und diesen seltsamen Duft in die Nase zu bekommen, den sie an den Büschen und im Kies hinterließ, verwirrte die Pitbulls. Im Grunde war die Königin nur ein Hund und sah weder stark noch böse aus, und so wollte ihnen einfach nicht in den Kopf, weshalb diese wunderschöne Kreatur zwei starken, bösen Kriegern wie ihnen gefährlich werden sollte. Ein falscher Schritt, und sie hätten ihr die Schnauze abgebissen. Sie war jung und naiv: Wieso sollten sie sie fürchten?

Komm her, Schöne, raunten sie, sobald der Tätowierte in die Tierhandlung ging und die Königin allein durch den Garten streunte. Das ist mir untersagt, meine Herren, entgegnete die Windhündin höflich, aber bestimmt, mein Herrchen sagt, ihr seid zwei gefährliche Kriminelle. Das sind wir, Signora, antworteten Tyson und Monzón im Wechsel, und auch Mörder, aber das ist nicht unsere Schuld, weil die Welt ein grausamer Ort ist, an dem nur die Stärksten und Bösesten überleben. Deshalb brauchst du uns. Du bist schwach und gut, wir sind stark und böse. Wir beschützen dich.

Und wie?, fragte die Königin und musterte verunsichert die finsteren Pitbullvisagen. Sie traute den Menschen nicht, die ihr wehgetan hatten, aber das war kein Grund, ihresgleichen nicht zu trauen. Alle Hunde waren Brüder, oder nicht? Platon, Karjal, die Dogowelpen im Keller, die Streuner im Tierheim: Alle waren ihr wohlgesinnt gewesen.

Komm, komm her, lockten Tyson und Monzón sie hechelnd und stellten sich auf die Hinterbeine. Die Kette klirrte, und kaum stürzten die beiden auf die Königin zu, riss sie an ihren Hälsen und schnürte ihnen die Luft ab. Nach ein paar Tagen bemerkte die Königin, dass ihre Nähe den Pitbulls immer tiefere Verletzungen zufügte; die Kette scheuerte ihnen die Haut blutig. Doch trotz der Schmerzen ließen sie nicht davon ab, sie berühren zu wollen. Ein unbekanntes Gefühl keimte in der Königin auf, das sie verwirrte und verunsicherte. Es war Mitleid. Also näherte sie sich, damit die Kette den beiden kein Leid mehr zufügte.

Und als sie mit federnden Schritten wieder davonging und ihr weißes Fell schüttelte, glotzten ihr die Pitbulls mit offenen Mäulern und einer Sabberlache zwischen den Vorderpfoten nach.

Inzwischen war der Königin alles egal. Hin und wieder dachte sie des Nachts an den Dackel, an seine Worte, an die Lieder und die Hunde, die sich in Sterne verwandelten. Hin und wieder dachte sie an den Karelischen Jäger, der sich grußlos aus dem Staub gemacht hatte. Hin und wieder dachte sie, dass sie in einer Philosophenwohnung oder in einem Bergwald hätte leben können. Und dass das in jedem Fall besser gewesen wäre als diese Räuberhöhle. Und dass es nur ihre Schuld war, hier gelandet zu sein. Aber meistens dachte sie nichts. Und als die Pitbulls sie besprangen und mit ihrem Gewicht erdrückten, senkte sie den Kopf und ließ sie gewähren, denn sie waren sowieso stärker als sie, und die Stärkeren gewinnen, so ist das Leben.

Dem Tätowierten ging es schlecht, er wusste nicht, warum. Nachts schlief er nicht mehr: Er träumte, eine riesige Schildkröte würde auf seiner Brust sitzen und ihn erdrücken. Dann schreckte er panisch aus dem Schlaf. Mit der Zeit begann er sich aus Angst vor diesem Traum vor dem Einschlafen zu fürchten. Nachts blieb er wach, hockte mit weit aufgerissenen Augen auf dem Sofa und sah fern. Doch weil Menschen nicht ohne Schlaf leben können, fing er an, Tabletten zu nehmen. Er schluckte händevoll davon und saß stundenlang verblödet und wie tot vor der flimmernden Glotze. So kam es, das die Königin Platon sah, ohne dass der Tätowierte je davon erfuhr.

Auf Yuris Arm betrat Platon das Fernsehstudio. Die Moderatorin interviewte Yuri, doch im Bild war immer der Dackel. Platon war abgemagert, sein Fell war schütter geworden, er wurde kahl. Doch die Königin erkannte ihn sofort und grüßte ihn bellend. Dann trat sie dicht an den Bildschirm und sagte: Es tut mir leid, Platon, es tut mir leid.

Aber obwohl Platon in ihre Richtung blickte, sah er sie nicht, denn er war sehr weit weg im hell erleuchteten Fernsehstudio. Seine dunklen Augen waren matt vor Traurigkeit. Es tut mir leid, sagte die Königin noch einmal, ich weiß, du wirst mir nie verzeihen können, aber du fehlst mir so sehr, und ich werde immer deine Freundin bleiben. Platon senkte den Kopf, als hätte er verstanden, und die Königin versuchte ihn zu berühren und ihm über die Schnauze zu lecken. Doch als sie mit der Nase gegen den Bildschirm stieß, begriff sie, dass Platon nicht da war und dass sie ihn nie wiedersehen würde.

Das ist eine schöne Geschichte, sagte die Moderatorin. Hoffentlich werden Sie Ihre gestohlene Windhündin wiederfinden, damit Ihr mutiger kleiner Hund eine Freundin bekommt. Dann forderte sie die Zuschauer dazu auf, sich mit dem Sender in Verbindung zu setzen, sollten sie eine soundso große, rund ein Jahr alte Afghanische Windhündin gesehen haben und so weiter, und die Kamera zoomte auf eine Telefonnummer. Yuri wedelte mit einem Foto herum, das eine Afghanische Windhündin zeigte, die der Königin sehr ähnlich sah, und die Königin begriff, dass sie sie suchten und dass Platon sie nicht vergessen hatte.

Wenn du das hier siehst, Königin, sagte Platon, dann gib mir ein Zeichen. Ich bitte dich, lass mich wissen, dass es dir gut geht. Ich muss wissen, dass du noch am Leben und glücklich bist. Ich verstehe, wenn du nicht zu mir zurückkehren willst, aber lass mich nicht im Ungewissen. Doch falls du doch zurückkehren willst, fügte er mit leiserer Stimme hinzu, sollst du wissen, dass ich auf dich warte.

Ein paar Anrufe gingen ein. Doch meistens handelte es sich um Dackelweibchenbesitzer, die ihre Dackeldame vom mutigen Platon decken lassen wollten. Als der Sommer kam, ohne dass jemand etwas zum Verbleib der Königin hatte sagen können, beschlossen Yuri und Ada, dass Platon genug gewartet hatte, und organisierten ein Treffen.

Die Dackeldame war hübsch, schlank und blond. Die Herrchen ließen die beiden allein und gingen zusammen ein Eis im Park essen. Platon saß mit hängenden Ohren da und sagte kein Wort. Die Dackelin fragte ihn, wieso er so unhöflich sei, und Platon entschuldigte sich. Früher wollte ich die Welt erobern, aber das ist vorbei. Jetzt will ich nur allein sein. Es tut mir leid, wenn ich nicht Ihr Gefährte sein kann, aber ich bin bereits vergeben. Es spielt keine Rolle, dass meine Liebste meine Gefühle nicht erwidert, man liebt nicht, um etwas dafür zu bekommen. Man liebt und basta, und meine Liebe habe ich bereits einer anderen gegeben.

Ich kenne die Geschichte, erwiderte die Dackelin, alle Hunde in diesem Land kennen sie. Du hast sie sogar im Fernsehen erzählt. Alle Hunde machen sich über dich lustig, weil ein Dackel keine Königin haben kann. Aber du bist der Hund des Jahres, du bist sehr begehrt, du könntest dir die schönste Dackelin aussuchen. Du könntest eine Familie gründen, Welpen haben und deine Tugenden weitergeben.

Ich respektiere Ihre Meinung, sagte Platon, aber ich werde meine nicht ändern. Doch mit Verlaub, da wir schon Zeit miteinander verbringen, möchte ich Ihnen eine Geschichte erzählen. Welpen kann ich Ihnen jedoch nicht schenken. Wie du willst, antwortete die Dackeldame enttäuscht und hörte zu, wie er mit schöner Stimme das *Lied von Argus* vortrug. Und die Dackeldame begriff, dass Platon zwanzig Jahre lang auf die Rückkehr seiner Geliebten warten würde, wie der Hund des Odysseus.

So schön die Geschichte ist, sie ist eine Lüge, sagte sie freundschaftlich, als er geendet hatte. Die Menschen haben sie sich ausgedacht, um uns etwas vorzumachen. Hunde leben nicht so lange. Dein Argus hat Odysseus niemals wiedergesehen, so ausgehungert und von Zecken gespickt, wie er war, hätte er sich von dem Misthaufen, auf dem er lag, gar nicht aufrappeln können, um ihn zu begrüßen. Dein Argus starb lang vor Odysseus' Rückkehr. Und wenn du nicht davon ablässt, auf deine Königin zu warten, verplemperst du dein Leben und wartest, bis du stirbst.

Der Tätowierte versuchte alles, um seine Schlaflosigkeit loszuwerden. Er ging zum Arzt, dann zu einem Psychiater und schließlich zu einer Kartenlegerin. Er schämte sich, den wiederkehrenden Traum von der Pantherschildkröte zu erzählen, und sagte nur, er hätte massive Schlafstörungen und sei schlafmittelabhängig. Seine Geschäfte hatten dadurch arg gelitten, er konnte nicht mehr arbeiten, und seine Geschäftspartner verließen sich nicht mehr auf ihn. Er hatte nicht nur die Tierhandlung aufgegeben, sondern angefangen, die geklauten Uhren und Schmuckstücke zu verkaufen, die er für die Banden des Viertels verscherbeln sollte. Was war mit ihm los? Wurde er verrückt?

Der Arzt verschrieb ihm eine Auszeit, der Psychiater gab ihm Tabletten, und die Kartenlegerin erklärte ihm, er sei das Opfer mächtiger Hexerei. Um ihn davon zu befreien, müsse sie sein Haus einer Austreibung unterziehen. Und dafür wollte sie Geld. Sehr viel Geld. Der Tätowierte verkaufte eine Perlenkette und ein paar goldene Ringe, und die Frau, die Teresa hieß, sich aber Teiresia nannte, nach einem berühmten Wahrsager der Antike, bespritzte die vier

Hausecken mit magischem Wasser. Sie bespritzte auch Monzón, Tyson und die Königin, denn auch die Hunde seien Opfer der Hexerei.

Diebin, Lügnerin, Betrügerin, knurrten Monzón und Tyson abwechselnd. Wären sie nicht an ihren kurzen Eisenketten angebunden gewesen, hätten sie Teiresia den Kopf abgerissen. Du klaust uns unser Herrchen.

Ruhe, ihr zwei!, befahl Signora Leo. Ihr braucht gar nicht erst zu versuchen, die Austreibung zu verhindern. Das Geld eures Herrchens ist verflucht. Er wird nicht eher gesund, als bis er alles verloren hat.

Monzón war bass erstaunt, eine riesige Pantherschildkröte seelenruhig aus seiner Schüssel trinken zu sehen. Kein Tier hätte so etwas gewagt, denn kein Tier hätte das überlebt. Doch Monzón erkannte sofort den Dämon, der sein Herrchen quälte, denn er hatte ihn sich einverleibt, er war Teil seiner Eingeweide geworden, und er respektierte ihn. Er sagte dem Schildkrötendämon sogar, dass es ihm sehr leidtue, ihn gefressen zu haben, er habe nicht gewusst, was er vor sich habe. Er sei nun einmal ein fleischfressender Hund. Hätte er geahnt, dass es sich um eine verehrungswürdige Pantherschildkröte handelte, hätte er sich zurückgehalten. Ja, genau, so ist es, bestätigte Tyson, es tut uns echt leid.

Auch die Königin, die zwischen den Sträuchern einer Wespe nachrannte, erkannte Signora Leo sofort und lief schwanzwedelnd auf sie zu. Signora Leo!, bellte sie, wie bin ich froh, Sie zu sehen, ich muss mit Ihnen reden. Ich muss Ihnen eine Botschaft mitgeben ... Es ist äußerst wichtig. Sie müssen mir helfen.

Ich bin nicht deinetwegen gekommen, sondern ihretwegen, sagte die Schildkröte brüsk und reckte den winzigen Kopf Richtung Pitbulls. Ihretwegen!, rief die Königin. Sie wollen zwei Verbrechern helfen und nicht mir! Verdattert glotzten Tyson und Monzón die Windhündin und die Schildkröte an. Sie verstanden nichts. Ihr seid in großer Gefahr, warnte Signora Leo sie ernst, wenn ihr euch retten wollt, müsst ihr fliehen.

Wir fürchten keine Gefahr. Und außerdem können wir nicht fliehen, hielten Tyson und Monzón in perfektem Wechselgesang dagegen. Wir müssen die Königin schützen und unsere bevorstehende Zukunft. Die Königin gehört euch nicht, sagte Signora Leo, und eure Zukunft wird nicht hier sein. Ihr habt es nicht verdient, für etwas zu bezahlen, das ihr nicht begangen habt, und außerdem gebührt jedem eine zweite Chance. Deshalb bin ich gekommen, um euch zu warnen. Euer Herrchen wird euch nicht verzeihen. Er wird euch zum Tierarzt bringen. Er wird euch kastrieren lassen. Er wird eure Kraft und euren Willen brechen. Er wird euch zu zwei fetten, impotenten Hunde machen. Wenn ihr bleiben wollt, wie ihr seid, müsst ihr sofort verschwinden.

Tut uns leid, Frau Schildkröte, entgegneten Tyson und Monzón, aber wir lassen unsere Familie nicht im Stich. Wir haben keine Angst. Ein Pitbull ist ein Krieger. Er kehrt dem Schlachtfeld nicht den Rücken.

Ihr müsst wissen, dass die Königin inzwischen rund geworden war und es nicht mehr verbergen konnte. Bald würde es auch der dusselige Tätowierte bemerken. Tyson war überzeugt, er sei der Vater der Welpen, doch auch Monzón glaubte fest, der Vater zu sein, und statt ihren gegenseitigen Hass zu schüren, schweißte diese Überzeugung sie noch enger zusammen. Der Haken war, dass ihre Freundschaft sie zu Feinden ihres Herrchens machte. Nachts überlegten sie, was zu tun war. Das Beste wäre, den Tätowierten zu zerfleischen und mit der Königin zu fliehen. Wild und frei zu leben. Doch das konnten sie nicht. Vor allem nicht, weil die Königin keine Streunerin war. Sie war eine Vorzeigewindhündin, die den Luxus brauchte, sie hätte die Kälte auf der Straße nicht überlebt. Und wenn die Welt wirklich so grausam war, wie der Tätowierte behauptete, wären sie gewiss jemandem begegnet, der noch stärker und böser war als sie und sie zerfetzt hätte. Außerdem war der Tätowierte ihr Herrchen, und Tyson und Monzón waren treu. Der Pitbull-Ehrenkodex kennt keinen Verrat. Also taten sie nichts. Sie warteten lediglich auf den großen Tag, an dem die Welpen geboren werden sollten. Sie waren zwei Männchen mittleren Alters, die bis vor wenigen Monaten nur unter Männern gelebt hatten. Sie hatten nicht geglaubt, jemals Nachkommen zu haben. Und obwohl die Königin sie zu überzeugen versuchte, dem Rat der Schildkröte zu folgen, blieben die beiden stur.

Als der Tätowierte an einem Julimorgen aufwachte, verschlafen und mit hämmernden Kopfschmerzen, bemerkte er, dass die Königin nicht mehr schlank war. Mit dickem, prallem Bauch schleppte sie sich durchs Haus. Der Tätowierte platzte fast vor Zorn. Die Königin gehörte ihm, und diese beiden elenden Köter hätten sie nicht berühren dürfen. Er war eifersüchtig, als hätten sie ihm die Frau ausgespannt. Die Königin war sein – obwohl er sein Leben lang geklaut und alles zu Geld gemacht hatte, hätte er sie niemals hergegeben. Doch er konnte es mit den Pitbulls nicht aufnehmen, schließlich hatte er sie zu Kämpfern abgerichtet. Dennoch wollte er sich rächen.

Also löste er seine Schlaftabletten in ihrer Wasserschüssel auf. Ahnungslos schliefen Tyson und Monzón einer über dem anderen ein, um sich wie in den vergangenen neun Jahren und bis in alle Ewigkeit nachts Gesellschaft zu leisten. So kam es, dass diese beiden unbesiegbaren Krieger nicht einmal ihre letzte Schlacht schlagen konnten, weil sie nichts mitbekamen. Der Tätowierte lud sie auf den Geländewagen. Ihre massigen Köpfe baumelten kraftlos hin und her, ihre Zungen hingen lang und rot zwischen den Lefzen hervor.

Die Königin sah sie davonfahren. Mit metallischem Klingeln bewegte sich die leere Kette neben dem Tor im Wind. Die Königin stellte fest, dass die Pitbulls ihr fehlten, immerhin waren sie die Väter der Welpen, die in ihrem Bauch heranwuchsen. Und obwohl sie die stumpfen Schnauzen, den Gestank nach Männerschweiß und das Gewicht auf ihrem Rücken nicht ausstehen konnte, hatten die beiden ihr Gesellschaft geleistet und sie etwas gelehrt, was sie bis dahin nicht kannte: Treue. Also blieb sie wach, um auf sie zu warten. Doch die Pitbulls kehrten nicht wieder.

Am nächsten Tag legte der Tätowierte ihr vier fellbedeckte, fleischbällchengroße Klumpen in die Schüssel und hielt sie ihr unter die Nase. Tyson und Monzón werden dir nicht mehr auf die Nerven gehen, sagte er. Das sind keine Wachhunde mehr und auch keine Kerle, sondern alte, impotente Tölen. Es war das letzte Mal, dass er von seinen geliebten Hunden sprach.

Im Laufe des Sommers fanden Yuri und Ada einen Job als Hundesitter. Keiner der beiden hatte darin Erfahrung, doch es war die einzige Möglichkeit, ein bisschen Geld zu verdienen und den Dackel nicht allein zu lassen. Yuris Mutter hatte dem Sohn den Geldhahn zugedreht. Yuri hatte keinen Abschluss gemacht, weil er ein turbulentes Jahr hinter sich hatte und zu verliebt war, und dafür wollte seine Mutter ihn bestrafen. Sie hoffte, dass Yuris und Adas Liebe ohne Geld bald versiegen würde. Ada hatte nichts gelernt. Sie hatte zwar einen Abschluss in Meteorologie, aber der war hierzulande so viel wert wie Klopapier. Schneestürme und tropische Unwetter sind in diesen Breiten nun einmal selten, und das Wetter ist nicht von nationalem Interesse. Im September wollte Ada sich wieder an der Uni einschreiben, um einen zweiten Abschluss zu machen, doch dazu brauchte sie Geld – und Zeit. Zeit hatten sie zwar reichlich, aber Geld nicht mehr. Abends redeten Yuri und Ada über Moral und Wolken, Ethik und Hagel, und ihre Unterhaltungen waren so verstiegen, das nur Platon ihnen folgen konnte.

Tagsüber holten sie zusammen mit dem Dackel die in der Stadt zurückgebliebenen Hunde aus den verwaisten Wohnungen ab und gingen mit ihnen an der Leine – jeder hatte fünf oder sechs – in den Park spazieren. Es waren die unterschiedlichsten Typen: riesige Doggen, segelohrige russische Terrier, streichholzbeinige Chihuahuas, Sibirische Huskys, die unter der Hitze litten, Cockerspaniel, Bulldoggen, toskanische Hirtenhunde. Alle aus gutem Hause und des Sommers in der Stadt gefangen, weil ihre Herrchen sie nicht mitnehmen konnten oder wollten. Yuri und Ada ließen sie über die Wiesen tollen, gaben ihnen zu fressen und verbrachten die übrige Zeit damit, zu lernen und miteinander zu schlafen. Alles in allem war es ein guter Job.

Platon machte eine seltsame Feststellung. Er war eine Berühmtheit geworden. Sämtliche Hunde hatten von ihm gehört. Doch anders als befürchtet dachten sie nicht daran, sich über ihn lustig zu machen. Sein Bart, seine Äußerungen und seine Zurückhaltung beeindruckten die Hunde – selbst die großen und gefährlichen, die ihn wie eine Ameise hätten zerquetschen können. Verblüfft stellte Platon fest, dass sie ihn respektierten, ihm zuhörten und gehorchten – obwohl er nur ein Dackel war. Sogar die Dogge namens Nero, die fünfmal größer war als er, behandelte ihn ehrerbietig. Seine sommerlichen Gassigefährten schlugen ihm sogar vor, eine Bewegung für die Rechte der Hunde zu gründen und ihn zum Anführer zu machen. Er, der über so viel Welterfahrung verfügte und den feinen Verstand eines Philosophen besaß, sollte eine Liste mit Regeln und Forderungen aufstellen und den Menschen unterbreiten. Für ein respektvolles, würdiges und harmonisches Miteinander von Mensch und Hund.

Platon stellte zehn Regeln für die Hundecharta auf.

Erstens: Alle Hunde sind frei und gleich geboren. Zweitens: Kein Hund darf wegen seiner Farbe, Rasse oder Herkunft diskriminiert oder bestraft werden … Die anderen Regeln kenne ich nicht, weil Platon vergessen hat, sie mir zu sagen. Er hatte den Vorsitz der Bewegung abgelehnt und einen Chihuahua namens Pancho Villa vorgeschlagen, einen kampflustigen Mexikaner, der in seinem kurzen Leben die übelste Bekanntschaft mit Menschen gemacht und gelernt hatte, sich zu verteidigen. Ich bin Dichter und Sänger, kein politischer Anführer, hatte Platon seinen Gefährten erklärt. Und außerdem bin ich nur ein Dackel. Etwas anderes will ich auch gar nicht sein.

Die Welpen kamen in der ersten Augustnacht zur Welt. Vier nasse Bündel. Sie hatten langes, champagnerfarbenes Fell wie die Mutter und die stumpfen Schnauzen der Väter. Erschöpft lag die Königin in einer schleimigen roten Lache in ihrem Korb. Die Welpen waren hungrig und hässlich. Doch sie leckte sie trotzdem sauber und gab ihnen ihre Milch, schließlich konnten sie nichts für ihre Geburt. Dann schlief sie ein: Sie war unendlich müde. Sie wachte erst auf, als der Tätowierte ihr die Welpen von den Zitzen riss. Erstaunt blickte sie ihn mit ihren schwarzen Augen an, sie hatte nicht geglaubt, der Tätowierte könnte ihre Welpen mögen.

Da hast du aber hässliche kleine Bastarde, sagte der Tätowierte und streichelte ihr über den Kopf. Hättest du mir Windhunde geboren, hätte ich sie verkaufen und Geld damit machen können, denn das habe ich bitter nötig, in den letzten Monaten sind die Geschäfte mehr als mies gelaufen. Aber es ist nicht deine Schuld, du kannst nichts dafür. Wo gehst du hin? Leg sie wieder hin, protestierte die Königin, sie sind zu klein, sie müssen bei mir bleiben, sie haben noch nicht einmal die Augen geöffnet.

Doch der Tätowierte verstand sie nicht und steckte sich die Welpen in die Jackentaschen. Dann beugte er sich zu ihr hinunter und gab ihr – zum allerersten Mal in seinem Leben – einen Kuss. Einen richtigen Kuss, auf den Hals. Du musst verrückt geworden sein, sagte er sich laut, küsst eine Töle. Wo bringst du sie hin?, fragte die Königin abermals. Der Tätowierte antwortete nicht und verschwand im Flur. Gib sie mir zurück, rief die Königin und versuchte zitternd auf die Beine zu kommen, gib mir meine Welpen zurück! Doch sie war zu schwach und konnte sich nur bis zur Tür schleppen. Die Königin hörte den Geländewagen in der Garage aufjaulen und davonknattern und fiel in Ohnmacht.

Zu Mariä Himmelfahrt ging der Tätowierte - er sah grauenhaft aus, mager, kraftlos, mit dicken Lidern und irren, blutunterlaufenen Augen - in die nächstgelegene Kirche und sagte, er wolle einen Pfarrer sprechen. Da der Pfarrer sich im Beichtstuhl verbarg, hatte der Tätowierte keine Scheu, ihm die ganze Geschichte zu erzählen. Der Tierschmuggel, die verhungerten Katzen, die als Drogenwächter missbrauchten Klapperschlangen, die abgeschlachtete Pantherschildkröte, die gestohlene Windhündin, die getreuen Pitbulls, die er kastriert und verkauft hatte. Er senkte die Stimme und erzählte sogar von den Welpen. Er erklärte dem Pfarrer, er hätte die vier kleinen, erst wenige Stunden alten Bastarde, die noch nicht einmal die Augen geöffnet hatten, in einen Müllcontainer geschmissen. Als er wieder nach Hause gekommen war, hatte ihre Mutter, die Windhündin, keine Ruhe gegeben und gebellt und gejault und ihn angesehen ... Der Tätowierte wusste nicht, wie er es dem Pfarrer erklären sollte, denn der hatte vielleicht keine Hunde und konnte das nicht verstehen, doch die Augen seiner Windhündin hatten wie Menschenaugen ausgesehen, voller Unglaube, Schmerz und Verachtung. Er hatte sich wie ein Stück Dreck gefühlt, wie Abfall, schlimmer als das faule Obst und Fleisch, das im Container, in den er die Kinder der Königin und der treuen Pitbulls geschleudert hatte, vor sich hin rottete. Irgendwann hatte er diesen Blick nicht mehr ertragen und war in seinen Geländewagen gestiegen, um sie wiederzuholen.

Doch die Welpen waren nicht mehr da. Der Müllwagen war noch nicht vorbeigekommen, und der Container quoll über und stank zum Gotterbarmen. Doch die Welpen waren unauffindbar. Der Tätowierte hatte den Container umgeworfen, und der ganze Müll – Plastiksäcke, Flaschen, Lumpen, sogar ein Fernseher – hatte sich auf den Gehsteig ergossen. Er hatte überall herumgewühlt und mit stinkenden Händen die Säcke ausgeleert. Aber die Welpen hatte er nicht wiedergefunden. Irgendwann war eine alte Pennerin vorbeigekommen. Das, was du suchst, ist fort, hatte sie genuschelt. Er hatte einen Schreck gekriegt, denn die Pennerin sah aus wie eine Hexe, verdreckt und steinalt. Der Tätowierte hatte sie dennoch gefragt, ob sie jemanden beim Container gesehen hätte. Ja, hatte sie geantwortet. Ein kleiner Junge sei mit dem Fahrrad vorbeigekommen und hätte die Welpen winseln hören. Er hatte angehalten, den Deckel aufgeschoben und alle vier herausgeangelt. Dann war er mit ihnen davongefahren.

Als der Tätowierte verstummte, herrschte Stille in der Kirche, einzig das Summen der Fliegen war zu hören. Du musst dein Leben ändern, mein Sohn, sagte der Pfarrer erschüttert, denn noch nie hatte ihm jemand so viele Sünden gebeichtet. Du musst dir eine ehrliche Arbeit suchen und aufhören, anderen Geschöpfen Leid zuzufügen. Nicht nur den Menschen, sondern auch den Katzen, Schildkröten, Schlangen und Hunden, denn alle sind ein Abbild unseres Schöpfers. Und du musst mit diesen Drogen und Tabletten aufhören, die dir das Hirn vernebeln. Die Schlaflosigkeit wird vorübergehen, und dann wirst du dich nicht mehr wie ein Stück Dreck, sondern wieder wie ein Mensch fühlen, du wirst sehen. Doch du musst es dir verdienen. Du musst dich von deinen Sünden befreien.

Noch niedergeschlagener als zuvor kehrte der Tätowierte nach Hause zurück. Der Rat des Pastors war wertlos, schließlich hatte er noch nie in seinem Leben gearbeitet. Dann sah er die Königin in ihrem Korb liegen. Ihre Zitzen waren geschwollen vor Milch, weil die Welpen nicht mehr daran gesaugt hatten. Er kniete sich zu ihr hin, streichelte ihr das Fell und sagte, dass jemand ihre Welpen mitgenommen habe und es ihnen jetzt gut gehe und sie sich keine Sorgen machen müsse, früher oder später würde er sie finden. In dieser Stadt gebe es sonst keine Hunde, die halb Pitbull und halb Windhund seien. Ich muss wohl vollkommen verrückt geworden sein, sagte er sich, dass ich mit einem Köter spreche. Die Königin drehte seufzend den Kopf, als hätte sie verstanden.

Du hast dieses Leben nicht verdient, sagte der Tätowierte nachdenklich. Du bist die Schönste der Welt, ein Star. Die Königin blickte ihn ungerührt an, als wäre der Tätowierte bloß ein böser Traum. Nachdem sie den Dackel im Fernsehen wiedergesehen hatte, hatte sie sich diesen Trick angewöhnt und sagte sich in den langen Sommernächten immer wieder: Wenn all das, was ich in diesem Jahr durchgemacht habe, nur ein böser Traum ist, dann wache ich bestimmt bald auf, und dann ist alles wie vorher und es ist nichts passiert.

Lass uns so tun, als würden wir beide uns jetzt zum ersten Mal begegnen, sagte der Tätowierte und kraulte ihr den Kopf. Von nun an wird alles anders werden, ich schwöre es dir. Lass uns alles vergessen und von vorn anfangen. Und während er ihr weiches Fell und den trotz der Geburt wunderschönen Körper streichelte, begriff der Tätowierte, dass die Windhündin seine Arbeit und seine Sühne war.

Die leere Stadt war traurig, die Zugvögel waren fort, und ich langweilte mich schrecklich. Oft folgte ich der lärmenden Hundeschar, die Yuri und Ada an der Leine führten. Platon spazierte vorneweg, wie der General einer Friedensarmee. Es war seltsam, diese beiden jungen Leute und die Hunde zu sehen, die hinter einem Dackel hermarschierten. Eines Morgens sagte Platon mir, er habe Signora Leo getroffen. Leider nicht lebend. Sie war bei Pancho Villa zu Hause. Den riesigen Porträtfotos an den Wänden nach zu urteilen, die das Frauchen des Chihuahuas mit einem Hyänengrinsen zeigten, musste das eine ziemlich vulgäre und üble Person sein. Am Ende des täglichen Spaziergangs hatten Yuri und Ada Pancho Villa nach Hause gebracht. Das Haus sah aus wie die Jagdvilla eines Leopardenjägers. Es gab ein Leopardenfell als Teppich, eine leopardengefleckte Decke und einen leopardengefleckten Tischläufer. Auch die Kleider hatten Leopardenmuster, selbst die Unterhosen. Signora Leo war zu einem Waschbecken geworden.

Groß und schmerzvoll war Platons Überraschung gewesen. Dennoch war der Dackel auf einen Hocker und von da aus in den Panzer gesprungen, weil er der Schildkröte seine Ehre erweisen wollte. Irgendwie war dieses Waschbecken ihr Grab. Und während er mit der Nase über den Panzer strich, hatte der Dackel ganz klar Signora Leos Stimme gehört. Sie kam von sehr weit her und war kaum zu verstehen. Signora Leo musste sehr müde sein und schien nach Luft zu ringen. Nur ein einziges Wort hatte sie sagen können. Das Wort *Star*. Platon wusste nicht, was es bedeutete, denn er konnte kein Englisch.

Ich sagte ihm, dass es sich um eine Botschaft handele, denn Signora Leo machte sich nur auf den Weg, wenn sie etwas Wichtiges zu sagen hatte. Der Dackel musste die Botschaft entschlüsseln, dann würde er die Königin wiederfinden. Star bedeutete Stern. Aber was soll das heißen?, fragte Platon. Wieso hat mir Signora Leo Stern auf Englisch gesagt? Bedeutet das, dass die Königin nach England gegangen ist?

Die Königin gewann ihren ersten Schönheitswettbewerb in einer Hunderte von Kilometern entfernten Stadt im Norden. Der Tätowierte hatte sie mit dem Namen Star eingetragen, einen gefälschten Stammbaum und gefälschte Importpapiere eingereicht. Am Wettbewerbstag waren beide nervös: die Windhündin aus Furcht, nicht die Schönste zu sein und nicht zu gefallen, der Tätowierte aus Furcht, enttarnt zu werden. Die Königin lief im Trab, rannte auf einer mit Hindernissen gespickten Wiese hinter dem Tätowierten her und stolzierte vor den Preisrichtern einen Laufsteg entlang. Sie gewann eine Kauente. Der Tätowierte gewann einen Schinken und die Bewunderung der anderen Hundebesitzer.

Zwischen den Prüfungen blickte die Königin sich um, denn es waren Hunde der verschiedensten Rassen dort, und einen Moment lang hoffte sie, der Dackel könnte ebenfalls da sein. Dann konzentrierte sie sich enttäuscht auf den Laufsteg und schloss mit niemandem Bekanntschaft. Die anderen Konkurrenten fanden sie unsympathisch und protestierten lauthals bellend gegen ihren Sieg.

Binnen weniger Wochen wurde aus Star tatsächlich ein strahlender Stern auf allen Schönheitswettbewerben. Ihr Leben änderte sich vollkommen. Jetzt reisten sie und der Tätowierte durch ganz Europa, um an Wettbewerben teilzunehmen. Der Tätowierte erhielt zahlreiche Angebote von Züchtern, die Windhündin zu verkaufen oder sie von ihren Champions decken zu lassen. Er war verblüfft, nie hätte er geglaubt, dass ein Hund so viel wert sein könnte. Doch obwohl er das Geld brauchte, zog er die Angebote nicht eine Sekunde in Erwägung. Er wollte sich nicht von der Königin trennen.

Das Foto von Star neben dem Pokal wurde in mehreren Fachzeitschriften abgedruckt. Die Experten lobten sie in den höchsten Tönen. Viele Afghanische Windhunde wiesen Mängel auf: krumme Köpfe, ein ängstliches Wesen, einen zu kurzen Schwanz oder verwachsene Kiefer. Doch die Königin war ein Prachtexemplar. Die Proportionen, die Haltung, die Maße, die Farbe des Fells und der Augen, der Schwanz und die Fransen, die Schnauze und der lange Schädel, der schnelle Lauf. Dazu der Charakter – sanft, aber nicht unterwürfig, zurückhaltend und stolz, aber nicht scheu. Es hätte nicht besser sein können. Star war perfekt.

Die Königin wurde beneidet, bewundert und begehrt. Doch sie empfand keine Freude, und all ihre Schönheit war ihr zu nichts nutze, denn der Erste, der diese Schönheit gewürdigt hatte, als sie noch eine blutjunge, hochnäsige Windhündin gewesen war, der Einzige, der ihre gereifte Schönheit hätte würdigen können, sah sie nicht, kannte sie nicht und wusste nicht, was mit ihr geschah und wie sehr sie sich verändert hatte.

Nachts rief die Königin nach Signora Leo. Doch die Schildkröte kam nicht, um mit ihr zu reden, nicht einmal im Traum.

Im Dezember reisten die Königin und der Tätowierte nach England. Dort fand in einem alten Städtchen mitten im Grünen der wichtigste Wettbewerb des Jahres statt. Züchter aus aller Herren Länder traten gegeneinander an, und die Richter mussten den Schönsten Hund der Welt küren. Die Königin hatte Angst, denn diesmal waren die Konkurrenten, die allesamt bereits kleinere Preise gewonnen hatten, wirklich hinreißend. Es gab Jagd- und Schoßhunde, japanische, deutsche und amerikanische. Auch der Tätowierte war aufgeregt. Er hatte sein ganzes restliches Geld zusammengekratzt, um die Windhündin beim Wettbewerb anzumelden. Er hatte keine Ahnung, warum.

Woher kommst du?, fragte ein stattlicher dreijähriger Spürhund die Königin. Seine auf Trüffel geschulte Nase war flugs zwischen ihren Beinen verschwunden und hatte etwas sehr viel Verlockenderes als knollige Pilze gewittert. Gern hätte die Königin ihre Herkunft geschönt, um sich wichtigzumachen und von diesen blaublütigen Hunden ernst genommen zu werden. Gern hätte sie gesagt: Ich bin die Tochter der Tochter der Tochter des Begleithundes des Königs von Afghanistan. Doch dann dachte sie, dass die Windhündin, die dieser Bracke gefallen würde, nicht sie wäre, sondern eine, die es gar nicht gab. Platon hatte sie gemocht, wie sie war, ganz egal, wer sie war. Sie wollte sich ebenfalls mögen können.

Ich komme aus einer Pappkiste, entgegnete die Königin stolz. Die anderen Wettbewerbsteilnehmer, Sprösslinge der besten Zuchtstätten der Welt, Kinder von Siegern und Siegerinnen und seit jeher auf Wettbewerben unterwegs, sprangen erschreckt zur Seite, als wäre sie voller Flöhe.

Bist du schon mal gedeckt worden?, fragte ein Algerischer Schäferhund, dem dieses junge Weibchen unbekannter Herkunft dennoch gefiel. Du glaubst doch wohl nicht, dass du sie bespringen kannst, du algerischer Bergbauer, lachte ein Cavalier King Charles Spaniel, die werden sie nur einem seit zwanzig Generationen adligen Windhund aus der Familie Windsor oder Hohenzollern überlassen. O nein, lachte die Königin, meine Liebhaber waren Straßengangster. Hunde mit blutbesudelten Schnauzen und steinharten Muskeln, doch sie waren bereit, ihre Eier für mich herzugeben.

Die Prüfungen waren hart und dauerten den ganzen Tag. Die Königin befolgte brav die Anweisungen des Tätowierten und tat alles, was er verlangte. Sie trabte, sprang, rannte, schritt über den Laufsteg. Zwischen den Prüfungen saß sie ruhig in einer Box, ohne sich von der Aufregung der anderen Hunde beeindrucken zu lassen. Wartest du auf etwas?, fragte ein Floh, der auf der Suche nach dem nächsten Wirt, in dessen Fell er es sich gemütlich machen konnte, durchs Gras hüpfte. Die Königin senkte den Kopf und stellte erstaunt fest, wie winzig das Wesen war, das mit ihr gesprochen hatte, kaum größer als ein Stecknadelkopf: Sie sprach die Sprache der Flöhe nicht, doch diese kehlige Stimme kam ihr bekannt vor. Nicht auf etwas, antwortete sie, auf jemanden. Auf eine alte Freundin. Und wieso wartest du auf sie?, fragte der Floh. Weil sie mir sagen kann, was ich tun soll. Sie wird dir nichts sagen, fiel ihr der Floh ins Wort. Du allein weißt, was zu tun ist. Das stimmt nicht, protestierte die Königin. Dann versuch es herauszufinden. Und tu es. Die Königin fuhr mit der Nase durchs Gras, doch der Floh war verschwunden.

Um sieben Uhr abends wurde die Königin zum Schönsten Hund der Welt gekürt. Sie saß einem Bildhauer Modell, der einen Abdruck von ihr nahm, um davon eine Bronze zu machen. Ihr Herrchen würde sie erhalten, sobald sie fertig wäre, zusammen mit einem üppigen Scheck. Unter dem Beifall der Richter und dem anerkennenden Jaulen der Konkurrenten wurde die Königin mit einer Plakette und der Goldmedaille prämiert. Als die Windhündin aufs Podium sprang, um den Preis entgegenzunehmen, brach der Tätowierte in Tränen aus. Es passierte ihm zum ersten Mal, und verblüfft wischte er sich über die Wangen. Dem zahlreichen Publikum aus Hundebesitzern und Hundefans, die sich vor der Bühne drängten, sagte er, dies sei der schönste Tag seines Lebens. Und das Absurdeste war, dass es stimmte.

Das Foto von Star, dem Schönsten Hund der Welt, ging durch alle Zeitungen. Ich war die Erste, die es auf einem vor dem U-Bahn-Eingang umherwirbelnden Zeitungsfetzen entdeckte. Ich las ihn mit dem Schnabel auf und brachte ihn Platon. Deine Freundin ist berühmt geworden, sagte ich. Der Dackel starrte das Foto der siegreichen, strahlenden Königin an, die darauf schön war wie nie, und strich mit seiner Nase zärtlich über ihre papierne Schnauze. Doch er sagte nichts. Bring die Zeitung Yuri, drängte ich. Yuri kann sie leicht ausfindig machen. Man muss nur die Organisatoren des Wettbewerbs finden.

Nein, sagte Platon. Schau sie dir an. Sie ist glücklich. Das war das Leben, das sie haben wollte, endlich hat sie alles, wovon sie immer geträumt hat. Ich bin nur ein Dackel. Damit muss ich leben. Ich freue mich für sie.

Wie gesagt, der Dackel war Philosoph. Ohne ein weiteres Wort flog ich davon. Es ist Zeit, diese Stadt zu verlassen, sagte ich mir, diese Geschichte ist zu Ende. Ich muss mir eine neue suchen.

Mit Ruhm und Ehre im Gepäck kehrten der Tätowierte und die Königin aus England zurück. Der Tätowierte fuhr den Geländewagen ganz langsam, aus Angst, zu schnell zu vergessen. Er wollte jede Sekunde seines Glücks auskosten. Er umarmte und küsste Star, als wäre sie seine Braut. Die Königin blickte aus dem Autofenster und dachte an die Worte des Flohs. Sie hatte genau begriffen, dass es kein Floh gewesen war. Und sie hatte auch begriffen, dass sie Signora Leo nie wiedersehen würde. Weder im Traum noch durch Zauberei. Und auch der Tätowierte würde sie nie wiedersehen. Jetzt war die Königin wirklich ganz allein.

Dennoch fühlte sie sich weder einsam noch verloren - vielmehr stellte sie verblüfft fest, wie einfach, offensichtlich und unvermeidlich alles war. Dem Tätowierten gegenüber ließ sie nichts durchblicken. Sie spielte ihm etwas vor, genau so, wie der Affe Shiva es ihr vor vielen Monaten geraten hatte. Zärtlich wie nie leckte sie ihm über Hals und Mund. An den Raststätten fragte sie andere Hunde, in welchem Land sie wären. In Frankreich, lautete die Antwort. Sie biss sich auf die Zunge vor Ungeduld. Dann erreichten sie Italien, und kurz darauf erkannte sie die Peripherie der Stadt. Nur mit Mühe konnte sie ihre Unruhe verbergen. Als der Tätowierte vor dem Haus hielt, um das Tor zu öffnen, hielt die Königin den Atem an, reglos wie die Bronzestatue, die ihr Herrchen als Geschenk erhalten sollte, saß sie da.

Während der Tätowierte mit der Fernbedienung hantierte, nahm die Königin den Türgriff zwischen die Zähne. Sacht zog sie daran, bis das Schloss aufklickte. Mit dem Kopf drückte sie die Autotür auf und sprang hinaus. Langsam öffnete sich das Tor, und der Tätowierte drehte sich zum leeren Rücksitz um. Dann sah er die Königin geschmeidig über die Straße laufen. Was tust du da?, rief er verdattert. Wohin willst du?

Ich verzeihe dir, sagte die Königin. Du bist ein besserer Mensch als der, der mich entführt hat. Aber jetzt will ich mein Leben zurück. Lebe wohl. Mit einem gekonnten, federnden, geradezu schwerelosen Sprung setzte sie über den Lattenzaun der verwilderten Wiese, die sich bis zum Fluss hinunterzog, und war verschwunden.

Es war Weihnachten. Yuri hatte einen Baum gekauft, eine kleine Tanne mit leuchtend grünen Nadeln, die Ada mit Silberpapier geschmückt hatte. Sie hatten Yuris Mutter zum Abendessen eingeladen, doch die hatte abgesagt, weil sie Ada nicht kennenlernen wollte. Sie hoffte noch immer, dass Yuri ihrer überdrüssig würde, und hatte nicht begriffen, dass Ada jetzt Yuris Zukunft war und sie vollkommen glücklich waren. Zur Sicherheit deckte Ada für sie mit.

Als um neun Uhr noch immer niemand gekommen war, zündeten Ada und Yuri im Wohnzimmer sämtliche Lichter an, setzten Platon auf den frei gebliebenen Platz, machten eine Flasche Wein auf und stießen auf die Familie an. Platon wedelte mit dem Schwanz, denn dieses Fest galt auch ihm. Ich saß auf einem Zweig des Zitronenbäumchens und sah ihnen zu. Wie gern wäre ich hineingeflattert, doch niemand hatte mich eingeladen. Frohe Weihnachten, rief Platon mir zu. Mit wem sprichst du?, fragte Yuri und drehte sich zu mir um. Schau mal, Ada, ein grüner Papagei, sagte Yuri, er sieht uns an. Vielleicht will er uns eine frohe Botschaft überbringen, lachte Ada. Ich habe euch ja gesagt, das Mädchen glaubte an die Zukunft.

Yuri wollte gerade die Nudeln abgießen, als es an der Tür klingelte. Ada machte auf. Ist das dein dreckiger Köter?, blaffte Yuris Mutter. Sie war froh, über den Hund reden zu können, denn so musste sie nichts erklären. Sie zog den Mantel aus und hängte ihn in den Flur, als ginge sie in der Wohnung täglich ein und aus. Dabei hatte sie seit Monaten keinen Fuß mehr hineingesetzt. Ich bin Ada, sagte Ada und hielt ihr die Hand hin. Yuris Mutter küsste sie auf beide Wangen, als würde sie sie bereits kennen, und dem gab es nichts hinzuzufügen. Welcher dreckige Köter?, fragte Yuri.

Vor dem Tor, sagte die Mutter, da sitzt ein dreckiger Köter und starrt zu eurer Wohnung hinauf. Der benimmt sich, als würde er hier wohnen und ihr hättet ihn ausgesperrt. Yuri trat auf den Balkon, spähte auf die Straße hinunter und sah sie. Sie zitterte vor Kälte. Sie war klapperdürr und schmutzig, das weiße Fell schlammverkrustet. Es sah aus, als hätte sie sich im Dreck gewälzt und seit Wochen nichts gefressen.

So war es auch. Nachts war sie durch die Stadt geirrt; sie fraß, was sie fand – Müll und Abfall. Um sich nicht schnappen zu lassen, hatte sie sich tagsüber in verwaisten Mietshäusern und im Gestrüpp am Fluss versteckt und war erst bei Dunkelheit wieder hervorgekommen, auf der Suche nach einem

Zeichen, das sie nach Hause brachte. Doch es gab keinen Zweifel: Es war die Königin.

Der Dackel, der auf seinen Aussichtsturm, den Zitronenbaumkübel, geklettert war, erstarrte. Er war dermaßen überrascht, dass sein Herz einen Moment lang aussetzte. Platon, hauchte die Königin unten auf der Straße. Platon, erkennst du mich nicht mehr?

Platon, da ist deine Freundin, rief Yuri fröhlich. Sie ist wieder da! Freust du dich nicht, sie zu sehen? Was soll ich tun? Soll ich sie heraufholen? Yuri, Ada und Yuris Mutter blickten den Dackel an. Platon senkte den Kopf und wackelte mit den Ohren. Er war sich nicht sicher, dass die Königin wirklich seinetwegen gekommen war. Vielleicht hatte sie bloß Hunger und kannte sonst niemanden in der Stadt und wusste, dass sie hier etwas zu fressen und ein Dach über dem Kopf bekommen würde: Schließlich hatte er ihr all das versprochen. Doch seitdem war viel Zeit vergangen. Die Königin unten auf der Straße räusperte sich und sang klar und laut:

Und der Allhund umkreiste Stück für Stück
Erde, Himmel, Sonne und Raum
Als einziges lebendes Wesen
konnte er in der Unendlichkeit lesen
und hinter den Schleier der Dunkelheit schaun

Du hast es also nicht vergessen!, rief Platon. Ich habe nichts vergessen, entgegnete die Königin. Auch ich habe hinter den Schleier der Dunkelheit geschaut. Und was hast du gesehen?, flüsterte der Dackel. Wenn du mir erlaubst zu bleiben, werde ich mein Geheimnis mit dir teilen, jeden Tag meines Lebens, erwiderte die Königin.

Aber ich habe mich nicht verändert, sagte Platon, ich bin noch immer derselbe und nur ein Dackel. Mag sein, sagte die Königin, aber du bist mein Stern, deinetwegen bin ich nach Hause zurückgekehrt.

Da stupste Platon Yuris Hosenbein mit der Nase an, und Yuri ging zum Tor hinunter, um die Königin zu holen. Kaum erschien sie auf dem Treppenabsatz, stürzte Platon ihr entgegen und rieb seine Schnauze an ihrer, und einen Moment lang schien der kleine Dackel im weißen Fell der Windhündin zu verschwinden. Nun war tatsächlich Weihnachten.

Tja, hier endet meine Geschichte, denn jetzt wisst ihr, wie sie ausgegangen ist. Ich bin davongeflogen, um mir einen anderen Baum in einem anderen Hof zu suchen, und der Dackel und die Königin sind bis heute zusammen.

Doch eines muss ich euch noch sagen. An dem Abend, an dem meine Freunde Weihnachten feierten, habe ich mich sehr einsam gefühlt und saß gedankenverloren auf meinem Ast. Plötzlich sehe ich ein Blatt durch die Dunkelheit taumeln. Ein wunderschönes gelbes Blatt, das direkt vor meinem Schnabel durch die Luft tanzt. Ich habe meinen Auftrag erfüllt, sagt das Blatt, hier schließt sich mein Kreis. Signora Leo!, rufe ich freudig. Ich habe sie natürlich sofort erkannt. Mit dem Schnabel habe ich das Blatt aufgefangen und sacht wie eine Blume gehalten. Meine Liebe, hat es protestiert, leg mich schlafen. Ich bin hundemüde und muss mich ein wenig ausruhen.

Also habe ich es im Hof auf Kamelienblütenblätter gebettet, und das Blatt hat sich bedankt. Du wirst mich eine Weile nicht mehr sehen, sagte es, aber eines Tages komme ich wieder. Und was wirst du sein, liebe Freundin?, habe ich bang gefragt. Doch das Blatt verblasste, verlor seine gelbe Farbe und wurde braun, die Ränder kräuselten sich, es krümmte sich zusammen und verdorrte. Was auch immer ich sein werde, wisperte es mit matter Stimme, die im Gras verklang, ich werde dich finden, egal wo du bist. Und du wirst mich erkennen.

Ich habe noch einen Augenblick gewartet, bis das Blatt eingeschlafen war. Und als es ebenso braun geworden war wie die Erde ringsum, flog ich davon.

Winter-Lesebuch

Ausgewählt von Daniel Kampa
240 Seiten, Taschenbuch-Originalausgabe
ISBN 978-3-455-37801-6
ATLANTIK VERLAG

»Es schneit. Was hat das für einen Sinn?«, fragt sich ein gewisser Tuzenbach im Theaterstück *Drei Schwestern* von Anton Tschechow. Eine mögliche Antwort könnte sein: Mit dem Schnee beginnt die Zeit der langen Leseabende. Denn Winterzeit ist Lesezeit. Das Wunder des ersten Schnees, Ski- und Schlittenspaß, verschneite Straßen und Pässe, Winterzauber in den Bergen …

Das *Winter-Lesebuch* fängt den Winter in Erzählungen und Gedichten ein – von klassischen Autoren wie Lew Tolstoj oder Joseph Roth bis zu zeitgenössischen wie Judith Hermann oder Daniel Kehlmann.

»Es gibt so wunderweiße Nächte,
drin alle Dinge Silber sind …«

RAINER MARIA RILKE